Copyright © 2017 Duda Falcão
Todos os direitos desta edição reservados à Argonautas e AVEC Editora.

Nenhuma parte desta publicação poderá ser reproduzida, seja por meios mecânicos, eletrônicos ou em cópia reprográfica, sem a autorização prévia das editoras.

Publisher: Artur Vecchi
Edição: Duda Falcão
Projeto Gráfico e Diagramação: Roberta Scheffer
Ilustrações: Fred Macêdo
Colorização da Capa: Robson Albuquerque
Revisão: Tiago Cattani

Dados Internacionais de catalogação na Publicação (CIP)
(Câmara Brasileira do Livro, SP, Brasil)

F 178

Falcão, Duda
Comboio de espectros / Duda Falcão. – Porto Alegre : Avec; Argonautas, 2017.

ISBN 978-85-67901-91-6

1. Contos brasileiros   I. Título

CDD 869.93

Índice para catálogo sistemático:
1.Ficção : Literatura brasileira 869.93

Ficha catalográfica elaborada por Ana Lucia Merege – 467/CRB7

1ª edição, 2017
Impresso no Brasil / Printed in Brazil

Argonautas Editora Ltda.
Av. Mariland, 930/302
Bairro Auxiliadora – Porto Alegre – RS
CEP 90440-190
Fone (51) 3779.6685
argonautaseditora.wordpress.com

AVEC Editora
Caixa Postal 7501
CEP 90430-970 – Porto Alegre – RS
contato@aveceditora.com.br
www.aveceditora.com.br
Twitter: @avec_editora

DUDA FALCÃO

COMBOIO DE ESPECTROS

1ª EDIÇÃO
PORTO ALEGRE
2017

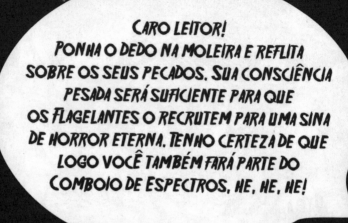

PREFÁCIO 9

COMBOIO DE ESPECTROS 13

O ESCRIBA DE LHU-KATHU 65

EADGAR E A ERVA DO PESADELO 75

O TREM DO INFERNO 95

A CRIATURA DO TRAVESSEIRO 119

O SANGUE DOS ANTIGOS 123

SONHADORAS 133

PELÍCULA FANTASMA 155

SESSENTA ITENS PARA CRIAR UM GOLEM 163

ETERNA LUA CHEIA 171

A IGREJA DA MEIA-NOITE 181

PREFÁCIO

A *pulp fiction* de gênero teve alguns surtos no Brasil; o mais intenso destes está ocorrendo agora.

Na imprensa brasileira, a expressão *pulp fiction* é usada de vez em quando como sinônimo de "literatura policial", porque quem a usa assim ouviu o termo pela primeira vez em conexão com o filme homônimo de Quentin Tarantino. A verdade é que essa literatura popular explorou numerosos gêneros, tais como a ficção científica, a fantasia, o horror, o policial, etc.

Era uma literatura praticada nos EUA principalmente entre as décadas de 1920 e 1940, em revistas baratas que formaram gerações sucessivas de leitores e de escritores.

Surtos anteriores de *pulp fiction* no Brasil se concentraram na ficção policial (o que talvez explique em parte o uso limitado do termo por uma porção da imprensa). Eram revistas de contos policiais, como *X-9*, *Meia-Noite*, *Suspense*, ou misturando relatos de crimes reais com contos, como *Detetive*.

O surto atual não se dá mais no formato dos *pulp magazines*, cujo perfil editorial talvez esteja hoje muito datado. Acontece em antologias, em *websites*, em romances e em coletâneas de contos que têm outra feição gráfica, mas praticam a receita infalível do *pulp*: histórias com imagens vívidas, imaginação predominando sobre a lógica, pouco apreço ao realismo psicológico, com algo de histórias em quadrinhos, algo dos seriados de cinema, mais ação do que reflexão, estilo narrativo muitas vezes tosco, mas sempre vigoroso.

Isso tem se dado no Brasil na última década em vários gêneros, mas principalmente no terror.

Um gênero é um leque composto de subgêneros, todos interligados por algumas premissas básicas, e cada um deles se afastando dos demais na busca de uma área temática exclusivamente sua. Gêneros literários, afinal, não passam da cristalização de alguns efeitos que, gerados pela primeira vez numa obra de forte impacto, se transformam numa espécie de modelo, receita, fórmula, conjunto de regras.

Edgar Allan Poe publicou em 1841 *Os Assassinatos da Rua Morgue* e criou praticamente sozinho não apenas o gênero do conto policial, como também o subgênero do "crime de quarto fechado". H. G. Wells publicou em 1895 *A Máquina do Tempo* e inventou, dentro do *scientific romance* britânico, o subgênero das viagens no tempo, que a ficção científica do século 20 exploraria em obras incontáveis.

O conto de horror norte-americano deve muito a dois dos seus principais praticantes na primeira metade do século 20: H. P. Lovecraft (1890–1937) e Robert E. Howard (1906–1936). Foram dois indivíduos de vida curta e atormentada, que escreveram compulsivamente para os *pulp magazines* com relativo sucesso entre os aficionados, mas sem o reconhecimento do grande público. Este veio como uma ironia póstuma: seus livros hoje são adaptados para o cinema, vendem milhões de exemplares em edições populares, são analisados pela academia e são relançados como edições de luxo para colecionadores.

Howard se celebrizou principalmente por suas histórias sobrenaturais envolvendo vaqueiros ou caçadores das planícies e das montanhas do Oeste, e pelas aventuras de Conan, o Bárbaro, que ajudaram a fazer decolar o gênero da *sword and sorcery* ("espada e feitiçaria").

A criação principal de Lovecraft foi o Ciclo de Cthulhu, uma série de histórias sobre a presença, na Terra, de criaturas alienígenas que um dia a dominaram e depois foram contidas por forças superiores a elas; essas criaturas, os Antigos, formam um panteão de deuses malignos que usam os seres humanos ora como gado, ora como vítimas gratuitas de sua crueldade.

Lovecraft e Howard se tornaram pontos de referência para sucessivas gerações de autores, que usam seus universos como modelo e inspiração.

Os contos de Duda Falcão, de que este *Comboio de Espectros* é um exemplo vívido, mantêm traços marcantes desse tipo de ficção, e talvez o mais interessante desses traços seja a noção de um gênero que não se constitui em obras isoladas, textos independentes, mas na interligação que há entre eles.

O mundo ficcional de Lovecraft era um universo onde os Deuses Malignos eram as figuras recorrentes, sempre ao fundo, sempre na sombra, sempre fora do palco, e os personagens humanos do proscênio eram a parte descartável e efêmera das histórias.

Lovecraft criou o modelo, para os escritores de horror das gerações seguintes, dessa cosmogonia de pesadelo, na qual surgem alguns personagens recorrentes que retornam, "costurando" com suas aventuras esse embate entre os Deuses invulneráveis e os humanos que não passam de "extras" anônimos nessa imensa ópera cósmica de mutações malignas, vampirismo interespécies e hecatombes repentinas.

Seja nas experiências profanas com plantas que são autênticas "flores do mal", seja na absorção de um sangue capaz de dissolver sua humanidade, os protagonistas de Duda Falcão são agentes incansáveis e, ao mesmo tempo, receptores passivos e indefesos de uma maldição que os transcende e os ignora.

Comboio de Espectros nos lembra de que no sul do país está florescendo um surto de literatura de horror que vai dos quadrinhos ao cinema, do conto ao romance, dando uma feição própria à tradição da *pulp fiction*. E que recupera, gerações depois, o filão explorado por Rubens Francisco Lucchetti na literatura, por José Mojica Marins no cinema, por Jayme Cortez, Flavio Colin, Eugênio Colonnese e tantos outros nos quadrinhos.

A narrativa de horror brasileira talvez seja uma entidade poderosa que está apenas esperando o melhor momento para se manifestar... e devorar todo o resto à sua volta. Enquanto isso, ela sonha; e seus sonhos inquietam o sono dos mortais.

Braulio Tavares

PARTE I

1. Tiro ao alvo

A névoa densa deslizava, atravessando a rodovia. Passou pela cerca de arame farpado de uma fazenda. O gado se encolhia, tremendo de frio ao seu toque. No campo, formava-se um rastro de gotículas geladas.

Não fazia muito que a noite chegara, lua cheia, poucas nuvens no céu estrelado. Licurgo Santana fumava um palheiro enquanto se balançava em sua cadeira estridente. Aquela mesma cadeira já fora de seu pai, o velho Edmundo. Era inevitável pensar no pai quando estava relaxando na varanda. Ele e o velho eram praticamente a mesma pessoa. Licurgo, além da aparência, imitava a atitude do pai: sua personalidade dura, ríspida e egoísta. O homem se tornara uma projeção do progenitor.

Inspirava a fumaça e enchia o peito, num processo vagaroso, sem pressa de acabar. O dia de trabalho já terminara. Tinha três peões a seu serviço, que viviam em uma casinha mais afastada da dele. Naquele instante, encontrava-se só. Ao seu lado, uma garrafa de pinga. Líquido amarelo, cor de ouro, cheiro de álcool puro. Tomou o primeiro gole, sem se dar o trabalho de colocar em um copo. Sorveu direto do gargalo. Queria esquentar o corpo. A noite começava a esfriar.

Edmundo, seu pai, nascera ainda no período imperial. Conhecera a escravidão e passara para o filho toda espécie de preconceitos que se podia ter em relação aos negros. Licurgo aprendera com o pai toda a intolerância que o velho cultivava em seus domínios. Desde a infância, destratava pessoas que não fossem da sua mesma cor de pele. Ainda mais quando o pai contara que havia sido uma parteira negra a culpada pela morte de sua mãe. Fato cruel que ocorrera durante sua própria natalidade.

Assim que terminou de fumar, jogou a bituca na terra avermelhada diante da casa. Um cemitério de cigarros se acumulava no chão batido. Atrás da cadeira, pegou um rifle. Deslocou o cano da arma. Do bolso da camisa xadrez, retirou duas balas e as colocou no encaixe. Fez um movimento brusco ao recolocar o cano no seu devido lugar. A cadeira rangeu e a madeira sob ela também.

Estava cansado de administrar a propriedade. Encontrara um novo prazer depois da morte do velho pai. Algo que considerava uma brincadeira, um passatempo trivial. Se perguntassem para ele o que achava de seus atos, diria apenas que se divertia. Já era a terceira vez, naquele junho frio, que testaria sua mira. Desde criança que não era tão feliz. Gostava de praticar tiro ao alvo em pequenos brinquedos esculpidos em madeira, que seu velho pai colocava sobre tocos de lenha grossa. Invariavelmente, as figuras

DUDA FALCÃO

eram soldados e índios. Lembrava dos bonecos cravejados de bala. E lembrava também de que desde muito jovem, seu pai não passava de um ancião. Não testemunhara no velho um único lampejo de juventude. Sempre fora curvado e de cabelos brancos. Vivera até bem pouco tempo. Tinha saúde de ferro.

Um gemido o despertou. Poderia ter sido o vento, mas não era.

Amarrado a um tronco, um homem acordava de seu sono induzido. Seus braços estavam esticados para o alto, presos por uma corda grossa. Os pés e pernas amarrados no mesmo tronco. Vestia somente uma calça *jeans*. Começou a tremer de medo ao ver um homem desconhecido se balançando numa cadeira de vime. Ele empunhava uma arma de fogo, com dois canos longos apontados em sua direção. Tentou gritar, mas sua voz não o obedecia. Percebeu que havia sido drogado.

O homem disparou. Talvez fosse o efeito do álcool aliado ao balanço da cadeira. O fato é que seu tiro passou longe do alvo. O prisioneiro fechou os olhos e começou a choramingar. Não tinha forças para se soltar das amarras. Em contrapartida, seu algoz dava gargalhadas e amaldiçoava-se por errar um balaço tão fácil. Na época em que era menino, não desperdiçaria o chumbinho que seu pai fornecia.

Começou a fechar outro cigarro. Talvez para clarear as ideias, fosse melhor deixar os pulmões entupidos de fumaça — riu daquele pensamento absurdo. Acendeu o palheiro e tragou, enquanto imaginava o quanto seu pai estaria orgulhoso de seus atos. Essa se tornava a melhor vingança contra a mulher que matara sua mãe: acabar com a prole da vadia.

COMBOIO DE ESPECTROS

Em um único gole, bebeu quase um quarto da garrafa. A bebida ardente desceu pela garganta como fogo. Escorreu pelos lábios, descendo pelo pescoço e molhando o peito.

Colocou mais balas na arma. Parou de se mexer na cadeira. Mirou outra vez. Agora, não perderia munição. Demorou um pouco, queria acertar na cabeça... Antes que pudesse disparar... Não conseguiu mais saber onde estava o seu alvo. Amaldiçoou a natureza caprichosa. Uma névoa cinza e densa engoliu seu brinquedo.

Levantou da cadeira. Atiraria mais de perto se fosse necessário. Antes que atingisse a soleira, no limite de sua varanda, deparou-se com a névoa gelada em seu corpo. Um arrepio subiu pela espinha, fazendo-o tremer dos pés à cabeça.

— Tempo sacana! — xingou, na tentativa de espantar a tensão que se formava no ar.

A névoa tomou conta do espaço. Licurgo já não via mais a entrada de sua casa. Praguejou mais uma vez. Por instinto, caminhou em linha reta, com o rifle em punho. Daria um balaço na cara do seu bonequinho de ébano e enxotaria aquele nevoeiro maldito com seu bafo de cachaça.

Caminhou em frente, decidido, mesmo sem enxergar um palmo diante do nariz. De súbito, foi parado por mãos fortes, que agarraram sua cabeça e braços, fazendo com que deixasse cair o rifle. Seu brinquedinho tinha se soltado, mas como, perguntou-se, se havia feito nós de marinheiro com as cordas.

Sentiu dedos tentando furar seus olhos, entrar pelos ouvidos e na boca. Mordeu alguma coisa... Cuspiu fora. Empurrou os braços invisíveis com força tal que caiu no chão de costas quando conseguiu se libertar. Mas não era possível, parecia que muitas

DUDA FALCÃO

mãos o tocavam... Pegaram os seus pés, puxando-o... Licurgo berrou para que o deixassem em paz. Mas não havia trégua. Um mundo cinza, com mãos de aço, o envolvera por completo. O desespero crescia como erva daninha. Arrastou-se como pôde para fugir daquelas mãos invisíveis. Sentiu a pele sendo rasgada e os músculos sendo puxados até que seus ossos sentissem o toque frio daquela coisa que o atacava. Gritou enquanto esteve vivo.

2. Sinfonia

O som das metralhadoras soava agudo comparado ao ribombar grave das granadas. Balas em cadência atravessavam o campo minado como se fossem baquetas nervosas disparando sua fúria em um tamborim. Como bumbos infernais, o estouro das bombas de mão atordoavam os sentidos.

Paul se encolhia atrás de uma trincheira. Tremia como vara verde desprotegida do vento. O suor amargo escorria pela testa até alcançar os olhos, cegando-os até que fossem limpos. Muito barro se espalhara sobre sua roupa e pelo corpo enquanto rastejara. Ao seu lado estavam mais três companheiros. Temiam pelo mesmo: estarem encurralados.

Já era noite, começava mais um período de trégua. Ambos os lados preferiam combater durante o dia. Mas sabiam que isso não significava descanso ou relaxamento. Um ataque noturno, uma emboscada, poderia acontecer nos momentos mais silenciosos da madrugada. Naqueles instantes, entre o sono e a vigília, bem na hora em que você não tem certeza se está desperto ou dormindo.

— Me passa um cigarro, Antony! — pediu Paul.

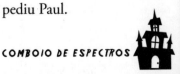

— Tenho poucos! Fume como se fosse o último!

— Valeu, irmão!

Antony entregou um cigarro amassado. Paul o acendeu e tragou com avidez a fumaça.

— Ainda sobra algum prazer nessa merda de vida, não é mesmo?

— Se fosse pra morrer agora, escolheria uma puta e não um cigarro.

— Pra mim, tanto faz. Com putas ou cigarros, depois de tragar ou se aliviar, o que importa é o prazer. Só. Nada mais. No final, sobra somente você, sozinho.

Semifusas de tamborins e semicolcheias de bumbos alternados pausaram a conversa por um instante.

— Já estamos no inferno, não acham? — perguntou William, com a voz em falsete.

— Depois que terminarem os cigarros, não tenho nenhuma dúvida! — respondeu Paul.

— O que vamos fazer agora, senhor? — perguntou William para o único oficial presente entre o grupo.

— Estou pensando, cabo! Estou pensando... O rádio quebrou. Não temos como nos comunicar com outros pelotões. É possível que os nossos não saibam que chegamos tão perto da frente inimiga.

— Estamos sozinhos — concluiu Antony.

— Isso é fato — disse o oficial.

— Poderíamos avançar durante a madrugada. Realizar uma emboscada... Matar os inimigos enquanto dormem! — arriscou William.

— Você é louco! — balbuciou Paul, expelindo fumaça.

DUDA FALCÃO

— O que é pior: ficar e ser surpreendido ou arrastar alguns desses filhos da puta pro inferno? — irritou-se William. — Viemos aqui pra ser heróis!

— De que valem os heróis mortos? — quis saber Antony, sem disfarçar a ironia.

— Chega! Fiquem todos quietos. Não consigo raciocinar escutando as lamúrias de vocês — o oficial usou um tom de voz que sua autoridade permitia.

A sinfonia trouxe um instrumento diferente. Um gongo... Um trovão. Dois gongos, três gongos e logo a chuva fina, depois a pesada, sobre as suas cabeças como xilofones dissonantes. Entre eles, o silêncio. Um resquício de respeito ao oficial e sua última ordem.

O oficial levantou a cabeça acima da trincheira. Utilizou o binóculo e calculou que em torno de 30 metros havia uma nova trincheira. Enxergou uma lona sobre o buraco e luz vindo do seu interior.

— Podemos nos arrastar entre os corpos e tomar mais uma posição. O que acham? — perguntou o oficial.

— O senhor nunca pergunta nossa opinião... — disse William surpreso.

— Dessa vez estou perguntando. Responda, cabo!

— Confio no senhor. Vou na frente!

— Já que perguntou, senhor, isso me cheira a suicídio. Não podemos ter uma estimativa de quantos inimigos estão por lá! — falou Antony.

— Eles acenderam luzes na trincheira. Tem até mesmo uma lona pra protegê-los da chuva. Não sabem que estamos aqui! Devem estar jogando cartas e bebendo algo pra esquentar.

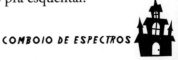

COMBOIO DE ESPECTROS

— Devem estar jogando por cigarros! Ou morremos ou fumamos alguma coisa depois de peneirar os bastardos! — levantou-se Paul empunhando a metralhadora.

William foi o primeiro a se esgueirar da trincheira. Em seguida, arrastou-se Paul, depois Antony e, por último, o oficial. A chuva batendo no capacete era uma sensação irritante. Capaz de fazer qualquer um perder a cabeça. Depois da guerra, era comum que os sobreviventes ficassem com sequelas. A loucura crescia em suas mentes como um monstro voraz.

Paul afastou um corpo que obstruía sua passagem. Pôde ver os olhos vítreos do morto, arregalados como se fossem os de um peixe fora da água. Em poucos dias, já se acostumara a deparar-se com defuntos. Até mesmo a presentear alguns com passagens, somente de ida, para o inferno. Tinha boa mira e, além do mais, com uma metralhadora nas mãos, tudo ficava mais fácil.

Aproximaram-se da trincheira inimiga. Três homens conversavam, naquela língua imunda dos inimigos, em torno de uma lamparina e uma garrafa de bebida alcoólica. Um deles escrevia em um caderno, por isso a utilidade da luz acesa.

O oficial deu o sinal. Desceram em conjunto para o buraco, por um espaço que a lona não protegia. Não foi preciso disparar uma bala sequer. Os soldados e o oficial usaram facas para cortar pescoços e perfurar peitos. Não houve gritos. O trabalho fora bem feito.

Ainda sem dizer nada, com os corações pulsando rapidamente, os quatro observaram os cantos opostos da trincheira. Para a direita, seguia um túnel de mais ou menos três metros que terminava em uma parede de barro. Ali, havia somente uma pá e

DUDA FALCÃO

uma picareta. Para a esquerda, o túnel era tão longo que não dava para ver o seu final. Possivelmente, deveria se conectar com outras trincheiras.

— E agora, senhor? — balbuciou William ao oficial enquanto limpava o sangue do inimigo que espirrara no rosto.

— Vamos em frente! Vamos dar uma lição neles!

— Esperem! — disse Paul, sussurrando ao ver William se aprofundar nas sombras da trincheira.

O soldado vasculhava os bolsos dos mortos.

— Encontrei. Encontrei — disse Paul sorrindo. — Cigarros — ele mostrou o troféu aos companheiros e logo acendeu um.

Eles seguiram na única direção possível, com suas armas em punhos. Os olhos, depois de algum tempo, se acostumaram à escuridão. Porém, não havia nada de útil que pudessem ver, a não ser o barro das paredes e do chão daquela trincheira. Quando olhavam para cima, viam a chuva caindo aos borbotões.

Andavam há mais de um minuto naquele caminho. Os segundos em uma guerra eram tão tensos que podiam representar minutos, e os minutos dar a impressão de que se passaram horas. Aquele pareceu um tempo interminável para o grupo, até que o intervalo silencioso da sinfonia se transformou em uma ópera violenta e trágica. Vozes de todos os naipes desabrocharam aos berros estridentes. E as balas nervosas das metralhadoras soaram.

— São os nossos. Só podem ser. Eles conseguiram invadir o território inimigo por outro "buraco" — animou-se o oficial. — Vamos rápido!

O oficial correu na frente dos outros, pela primeira vez, colocando-se em risco — das outras vezes, sempre seguia mais

COMBOIO DE ESPECTROS

atrás dos outros. Aquela balbúrdia lhe deu confiança exacerbada. Finalmente, o corredor de terra e barro fez uma curva acentuada à direita. Enxergaram uma luz opaca, de morbidez anestésica.

Chegaram a um ponto em que o corredor levava para um espaço amplo e aparentemente circular. Diversos corpos caídos no chão chamaram de imediato suas atenções. Um ou outro, ainda vivo, agonizava pedindo clemência na língua inimiga. Mesmo assim, não se compadeceram. Escutaram os últimos disparos de bala. Que pelo som, pareciam atingir apenas o barro e a lama ou se perder no céu.

A névoa que ocupava o lugar se avolumou também sobre os recém-chegados, deixando-os perdidos numa cegueira artificial. Fria e densa, sufocava seus pulmões. Gelava a espinha e amedrontava a alma, como um horror sem precedentes, pior do que a própria guerra. Os quatro homens daquele pelotão fizeram vibrar suas cordas vocais com intensidade poucas vezes sentida e dedilhar escalas soturnas nos gatilhos de suas armas de fogo, até que o silêncio, marco final daquela sinfonia, fosse aplaudido, em forma de gargalhadas, por uma plateia sobrenatural.

3. Ultrapassagem

Pisou fundo no acelerador. Depois da curva em s, vinha uma longa reta considerada o melhor ponto de ultrapassagem da pista. Os faróis iluminavam diante dele dois automóveis. O número seis e o quatorze. Seus principais desafetos. Não se dava bem com nenhum piloto da categoria, mas aqueles dois ele não engolia. Consideravam-se deuses na face da Terra. Gostavam de arrotar vantagem quando ganhavam uma corrida e contar quantas garotas haviam conquistado depois da vitória.

A categoria de que participava era uma das mais difíceis. O piloto precisava ter pé firme, constância no acelerador, saber os momentos certos de ser mais veloz para realizar ultrapassagens e ainda ter resistência física somada à força de vontade. As provas ocorriam em pistas espalhadas pelo país e iniciavam à meia-noite em ponto, durando até as seis da manhã. Subia ao *podium* o ás do volante que tivesse realizado mais voltas no circuito até o final do horário marcado.

Quando as bandeiras quadriculadas tremularam para o início do evento, Luís começara numa das últimas colocações. No entanto, estava pela primeira vez muito perto dos líderes. Sua chance de ganhar era hoje. Se vencesse, poderia cuspir na cara daqueles idiotas e roubar qualquer garota deles. Não perderia sua melhor oportunidade.

No princípio da reta, dos dois lados da pista, ficavam as arquibancadas reservadas ao público, que naquela noite não passava de uma centena. Eram poucos os que realmente ficavam de olho no que se passava na pista quando o sono começava a chegar. Muitos dormiam durante a madrugada para despertar um pouco antes de a corrida acabar e conhecer o vencedor. Outros armavam barracas em locais estratégicos, elevações próximas às curvas, e ficavam conversando com os amigos, enquanto tomavam vinho e assavam carne no espeto.

Na testa de Luís, o suor escorria. Estava tenso, devido às intenções que cresciam em sua mente. Levantou o visor do capacete, que começava a ficar embaçado. Mas decidira-se e não desistiria

agora. Aproximou-se do seis... Antes de ultrapassá-lo, jogou o lado direito do seu automóvel contra o lado esquerdo da porta do concorrente. Segurou a direção com uma perícia que até então não tinha certeza se possuía, mas conseguiu empurrar o adversário para fora da pista. Pelo retrovisor, pôde ver o outro se chocando contra uma pilha de pneus e fumaça saindo do carburador. Uma risada insana se libertou de sua garganta.

Agora faltava o quatorze... Seguiu-o como se fosse um caçador atrás de sua presa. Uma águia pronta para colocar suas garras sobre o frágil roedor. Mas era preciso esperar mais uma vez pela reta, o melhor ponto de ultrapassagem. Não conseguiria alcançá-lo antes disso, devido às diversas sinuosidades e aos retardatários, que se movimentavam como tartarugas na pista. Mas antes que o melhor ponto se aproximasse, na última curva surgiu um nevoeiro intenso, que nem mesmo os seus faróis de milha conseguiram penetrar. Ele foi engolido pelas brumas. Primeiro, sentiu frio; depois, a dor intensa e inexplicável do fogo consumindo seu corpo, de uma espécie de fome voraz que se alimentava do crime que havia cometido.

4. Balanços no outono

Final de tarde. Primeiro dia de outono. Escurecia mais cedo do que o normal. Léo, Laura, Gilberto e Carolina brincavam na praça. Os quatro disputavam pelos dois únicos balanços. Laura e Gilberto prometiam que logo abandonariam o brinquedo, cedendo lugar. Léo e Carolina empurravam com força e vigor os outros dois para que fossem bem alto no céu. Aqueles pássaros sem asas sentiam o vento ondulando seus cabelos e a sensação de liberdade ao se movimentarem como pêndulos, quase soltos no ar. Podiam tocar com os pés o espaço estrelado. Sentir um friozinho na barriga quando tinham a impressão de que cairiam, estatelando-se no chão. Davam gargalhadas de prazer e euforia.

A brincadeira foi interrompida quando chegou o pai de uma delas.

— Laura! — o homem berrou. — O que foi que eu disse pra você? — a voz trêmula e o bafo indicavam que havia ingerido alguma bebida alcoólica forte.

Léo parou de empurrar o balanço. Laura parou o movimento do brinquedo, arrastando as sandálias na areia. Desceu do banco, baixando a cabeça, sem saber o que dizer para o pai.

— Eu disse... Volte... Antes de escurecer! Lembra?

Ela ficou calada.

— Perdeu a língua? Não sabe falar? Você é igual à vadia da sua mãe!

O homem agarrou a menina pela orelha, quase a levantando do chão. Lágrimas escorriam de seus olhos, mesmo assim não gritou. As outras crianças emudeceram diante daquela brutalidade. Já tinham ouvido falar que o pai da menina batia na esposa todas as vezes que bebia.

O vento frio do outono soprou areia e folhas secas sobre o homem e as crianças. Nenhum deles dera atenção para a névoa que se aproximava. No entanto, agora era impossível não percebê-la assim tão perto. As crianças puderam ver o que aconteceu com o pai e a menina quando foram tomados por aquele ar gelado e denso, no qual se movimentavam aquelas coisas

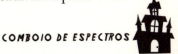

COMBOIO DE ESPECTROS

horrorosas e decrépitas. A monstruosa realidade que presenciaram permaneceria obscura em seus subconscientes. Guardariam aquele acontecimento aprisionado em suas mentes durante muitos anos. Até que voltassem a se encontrar.

5. Turba de fiéis

O padre entrou pela porta lateral da igreja. Com ele, vinha um menino do coro, seu auxiliar e aprendiz. Os dois carregavam mantimentos em cestas. Só saíam em caso de necessidade extrema. Tinham medo de se aventurar pelas vielas e se deparar com a peste. Era bem sabido por todos que a moléstia assolava qualquer um, independentemente de sua posição social. Além do povo em geral, os camponeses, os artesãos e até mesmo os nobres e os sacerdotes se tornavam alvo do horror instaurado pela doença.

Delumeau, quando saía da segurança de sua igreja, vestia por cima da batina um grosso casaco longo com touca para escapar do frio e dos olhares dos pedintes. Mantinha sua fortaleza fechada. Os fiéis não estavam sendo recebidos há mais de um mês. Sentiam falta dos conselhos e dos sermões do padre. Mas era essencial, conforme as autoridades eclesiásticas, que a integridade daqueles que rezam por todos fosse mantida com o isolamento.

O século XIV foi o terreno da desdita. A morte batia nas portas de qualquer um com os próprios nós de seus dedos ossudos e ceifava suas vidas sem piedade. Não sem antes trazer muito sofrimento ao escolhido. Pelas ruas sujas, entre casas sem saneamento básico, empilhavam-se ratos negros e pulgas, que pulavam em seus couros sedentas de sangue. Não era raro encontrar corpos humanos estirados na sarjeta e, depois, transportados em carroças que os levavam para ser enterrados em valas comuns.

As pessoas se perguntavam onde estava Deus, e o padre respondia: "tenham fé, um novo mundo está por vir, um mundo reservado para os valorosos de espírito, continuaremos rezando por vocês". Assim, disse, em seu último discurso público, Delumeau.

Com as portas da igreja cerradas, o sacerdote resignado rezava pelos fiéis e por si mesmo. Talvez fosse a hora em que as trombetas dos anjos estivessem prontas para tocar e anunciar o fim dos tempos.

Nessa mesma noite, Delumeau e o menino escutaram uma agitação enorme. Gritos, provavelmente, de revolta. Ele coordenava uma igreja simples; se vivesse em Notre-Dame de Paris, talvez aquela turbulência nem mesmo fizesse cócegas nos seus ouvidos. Teria de conviver com aquilo. No entanto, o que realmente sonhava era ministrar cultos naqueles púlpitos imponentes da catedral. Rezar sob a altivez daqueles pináculos que se erguiam até Deus. Ouvir e se emocionar ao som magistral do gigantesco órgão de tubos. Mas não. Ele ainda não era um especial entre os seus. Esse desejo o alimentava com inveja, uma ânsia desenfreada por poder. Guardava no recôndito de sua alma um ódio exacerbado, uma erva daninha, que rezava pela queda dos seus rivais, daqueles que ocupavam cargos mais elevados do que o seu. Cobiçava postos mais importantes.

Abandonou seus delírios de grandeza quando ouviu batidas fortes na porta da igreja. O menino que estava sentado ao seu lado, treinando músicas clericais, pegou em sua mão.

— Padre, o que se passa lá fora?

COMBOIO DE ESPECTROS

— Vamos ver, fique tranquilo! — o homem deu uma batidinha na mão do menino para acalmá-lo e se soltou.

Do lado de fora, algumas vozes ordenavam:

— Abra, padre! Abra!

Delumeau resolveu dizer algo:

— Vão embora! — falou em alto tom para que pudessem ouvi-lo do lado de dentro da edificação.

— Queremos a salvação! Abra!

— Voltem para as suas casas. Meu serviço é rezar por suas almas. Deus não nos abandonará!

— Queremos a salvação. Nossos filhos, nossos parentes morrem como moscas. Abençoe-nos, por favor! — manifestou-se um indivíduo da turba.

— Eu vos abençoo — arriscou sem abrir a porta. — Voltem para as suas casas!

— Maldito! Abra! — berraram e choramingaram os cidadãos.

A turba pareceu ter desistido de convencer Delumeau. Por fim, acabaram dispersando-se.

— Viu, rapaz? Não há nada para temer. Seus pais o enviaram para o lugar certo. Ser um sacerdote é, acima de tudo, saber conceder ao rebanho o que eles querem ouvir. É colocá-los na estrada do Senhor.

O menino ficou quieto tentando absorver os ensinamentos do mestre. Pelas frestas da porta principal uma nuvem escura se insinuou para dentro do templo. Logo, ela tomou o interior da igreja. Rostos desfigurados e vozes medonhas derrubaram a razão do padre e do garoto em poucos segundos. A autoridade cristã foi sufocada por dedos esfumaçados de esqueletos carcomidos pelo tempo. O aprendiz presenciou o definhar, até a morte, do seu tutor.

6. Flagelantes

Estalavam os chicotes nas próprias costas. Fendas se abriam na pele. Gemidos perturbavam os ouvidos de quem os escutava. Os chicotes eram brandidos com energia e ritmo constante. A dor purificava. O espetáculo iniciara quando entraram numa vila, em um feudo próximo das muralhas de uma populosa cidade. Alguns camponeses horrorizados fechavam as janelas, outros entoavam ladainhas, enquanto outros se ajoelhavam diante da passagem do grupo.

O líder estacou diante de um poço e ali mesmo começou a discursar, percebendo que havia uma plateia de camponeses dispostos a ouvi-lo.

— Meus bons amigos... Escutem minhas palavras. O fim do mundo está próximo. Viemos para purificar os pecados de todos os seres humanos. Quem quiser, junte-se a nós e estará fazendo um serviço em nome de Deus. Um sacrifício pela própria humanidade.

Os camponeses que deram atenção ao homem, vestido com um manto puído e carregando um cajado, permaneciam calados.

— Se o fim está próximo, meu bom homem, por que ainda trabalhamos? — perguntou um sujeito de meia-idade, já curvado devido à lida no campo.

— Camponês, o labor é sua tarefa. Você trabalha porque uns rezam, outros protegem. Assim será até que tudo acabe.

Porém, oferecemos a você uma oportunidade de mudar. Se nos acompanhar, rezará pelas almas de todos nós.

— E quem trabalhará para dar comida a minha família?

— Responderei com outra pergunta. Por que se preocupar com integridade física? O que importa são nossas almas. Somente elas sobrarão depois do juízo final.

— Não sou capaz de fazer o que você diz. Conheço apenas os segredos da Terra e não dos céus.

— Seja como preferir, bom trabalhador. Nós nos penitenciaremos em nome da humanidade. Suas almas estarão seguras! Tenham fé em nós. Que seja feita a vontade de Deus.

O líder se calou e continuou sua caminhada, batendo em si mesmo com o chicote. Suor e sangue escorriam do corpo. Dor produzia lágrimas. E resignação determinava fortaleza.

Depois do espetáculo de fé, o grupo se afastou. Longe das casas, montaram acampamento e se alimentaram dos víveres doados pelos camponeses. As feridas em seus corpos ardiam como o próprio fogo do inferno. Mas já estavam calejados, ao menos a maioria.

Em suas preces noturnas, rezavam pela justiça divina contra os males que seres humanos corrompidos geravam contra outros seres humanos. Acreditavam que o fim estava próximo e que eram arautos dessa nova inevitável. O mundo degenerado tinha de ser limpo para os escolhidos. Somente os virtuosos, os crentes em Deus, deveriam sobreviver e rearticular a civilização, organizando-a contra qualquer tipo de pecador.

Foi em uma noite fria que a névoa densa e sorrateira veio até eles. Seduziu-os com promessas de mudança... Aceitaram a proposta de um anjo, pela qual entenderam ser o caminho mais curto para a iluminação dos homens.

7. Catraca

O sujeito vinha movimentando a catraca. Os guizos de metal dispostos no objeto produziam um ritmo sombrio. E de mau agouro, como um corvo que vem trazendo más notícias. Ele quase se arrastava, seu caminhar coxo apoiado por uma bengala dava agonia de ver. Todas as portas e janelas se fechavam diante de sua chegada.

Bandagens nas mãos e sobre parte do rosto disfarçavam as chagas que o acompanhavam. Vestia um manto negro com capuz. Com ele, em seu sangue, vinha a morte lenta, voraz e terrível.

Com um dos olhos livre, ainda capaz de enxergar, não escondia o desapontamento com os sujeitos que o desprezavam. Mesmo assim, ainda os tolerava. As pessoas eram cruéis por natureza, isso entendia, pois conseguia compreender que somente os desafortunados, como ele, sabiam o valor do respeito aos monstros.

Quando passava, o vilarejo, por alguns minutos, dava a impressão de estar deserto. Sem nenhuma alma viva para contar história. Parecia que até mesmo os animais se entocavam. Nenhum cão, nenhuma galinha, nenhum gato... Somente os ratos desfilavam diante de sua presença, sem ter medo. Os proprietários de animais os recolhiam quando ele chegava, vira isso acontecer muitas vezes.

Solidão era o que sentia. Um vazio intenso no coração. Um homem solitário era o mesmo que nada. Aproximou-se do

local em que deixavam víveres para ele. Voltava de duas em duas semanas mais ou menos. Assim como ele os tolerava, de certa forma também era tolerado. Não podia quebrar acordos. Chegar antes do prazo significaria não ter mais do que se alimentar. Não forneceriam mais alimento para ele. Tinham medo de sua monstruosidade, da doença que corria em suas veias entupidas. Os vilões exigiam saber exatamente quando estava para chegar e quando estava para sair. Do contrário, seria abatido pela flecha de um arco tão logo se aproximasse. Não havia como combatê-los.

Uma moça se atrasou na tarefa de servi-lo. Ele viu sua beleza antes que se afastasse, enquanto colocava uma cesta de frutas no chão empoeirado para ele. Criou coragem, não tinha muito a perder, a vida não o animava mais:

— Não vá, por favor! — Quero trocar apenas algumas palavras.

A mulher, de cabelos negros até os ombros, roupas desgastadas pelo trabalho braçal e rosto levemente empoeirado, parou.

— Fique onde está. Você sabe que não podemos conversar. É proibido. Vá embora e aceite o que lhe ofertamos.

— Eu já morei aqui, nesse mesmo vilarejo, enquanto minha mãe vivia. Já fui criança, sabe? Já fui normal. Tinha uma vida como a sua. Por que me tratam com tanta indiferença?

— Olhe para você. O estigma do demônio cobre sua pele, corre dentro do seu corpo. Todos aqui respeitavam sua mãe, é por isso que ainda suportamos sua presença indo e vindo de tempos em tempos. Nós o sustentamos em respeito a Deus. Uma prova de que o Diabo não pode vencer nenhuma cruzada contra cristãos.

DUDA FALCÃO

— Então sejam mais humanos. Deixe-me ficar. Prometo não incomodar. Posso morar em uma casinha mais próxima da vila. Ter um cãozinho para me fazer companhia. Poder conversar de vez em quando com você... Escutar a voz da humanidade. O isolamento na floresta me deixa louco, não entende?

Uma das portas, de um casebre, foi aberta de maneira rude. Um homem ordenava com um machado em punhos:

— Leve o que deixamos para você, lazarento! E seja breve, pois não toleraremos mais suas queixas. Vá embora antes que não sejamos mais tão caridosos com você!

Os olhos do monstro se inundaram, mas ele não deixou que a represa estourasse, não daria esse prazer para eles. Pegou as cestas reservadas para ele e colocou tudo o que foi possível em uma sacola que levava às costas.

Abandonou o vilarejo pouco depois de anoitecer. Percebeu uma névoa gelada passar por ele. Movimentava-se com a inteligência de algo vivo e amedrontador. Pôde ver as casas desaparecendo, engolidas por aquela coisa estranha. Decidiu que não voltaria mais àquele lugar. Se não conseguisse comida na floresta, que fosse hora de morrer, pensou. Ao longe, bem atrás de si, escutou com a parca audição que ainda lhe restava berros e lamentações.

8. Porão

Renan desceu até o porão. Gostava de polir os objetos que colecionava. Pegou uma banqueta e a colocou na frente de um baú. Trazia consigo um pano e um lustrador de móveis.

Primeiro, começou a polir o baú. Apenas a luz do final da tarde se insinuava por uma pequena janela, que do lado de fora da casa ficava ao nível do solo. Esfregou o pano novo que havia comprado naquele mesmo dia por todos os lados da caixa de madeira. Gostava de limpeza. Algo que havia aprendido com a mãe. Por sinal, aquele objeto de antiquário que tinha em mãos já fora da mulher.

No passado, a mãe sempre o fizera de tolo. Envergonhava-o na frente dos outros. Batia nele quando bem entendia. Gritava, xingava, berrava, cuspia em sua face. Deus era testemunha de que ele resistira por muito tempo àquela provação. A mãe não foi a primeira que ouvira seu grito de independência.

Lembrava como se fosse hoje. Abriu o pequeno baú e pegou um canivete. Lustrou a arma minúscula, imaginando como conseguira fazer estrago com coisa tão pequena e frágil.

Foi um amigo de escola. Enterrou na barriga dele dezenas de vezes o canivete até o cabo. Desentenderam-se em uma briga de criança. Renan nunca conseguiu entender racionalmente como iniciara sua carreira de assassinatos. Mas tudo começou a partir desse incidente. A polícia, sempre inútil na resolução de casos, em nenhum momento imaginou que pudesse ter sido ele. Imaginavam que se tratava de um assalto. Assim foi noticiado nos jornais. Impunidade. Conhecia muito bem essa palavra, desde sua juventude. A mãe acabou sendo a próxima. Daí, tudo ficou mais fácil, começou a colecionar objetos de todas as suas vítimas. O baú funcionava como um útero, capaz de abrigar e dar calor a bibelôs que colecionava.

Lustrava os objetos com sorriso estampado no rosto, quando se surpreendeu pelo barulho de passos nas escadas. Já

DUDA FALCÃO

era noite. Brumas cinza se infiltravam pelo porão. A madeira rangia sob o peso de alguma coisa. Pôde ver... Na névoa que se infiltrava, viu a mãe, dominadora, usando um vestido negro, a mesma roupa com que fora sepultada. O pescoço inchado e os olhos saltados, como se tivesse ingerido um veneno poderoso. A pele esverdeada e descamando. A língua roxa, gorda, inchada, saltando pela boca.

Atrás dela, vinha um menino, segurando-a pela saia. Pelos buracos incontáveis na camiseta, vertia sangue da barriga, do peito e do abdômen. Outros visitantes os acompanhavam. Com passos vagarosos e decididos, balbuciavam impropérios.

Reconheceu os rostos, todos familiares. Mesmo estando deformados pela morte, Renan não os esquecera. Perturbou-se como nunca antes acontecera.

Na rua, quem passava escutou apenas um grito de pavor absoluto:

— Nãããããããããããão!

9. Horror por horror

O grupo caminhava em direção àquela beleza multicolorida. Tons de vermelho, amarelo, laranja e cinza se mesclavam ao pôr do sol violáceo e acobreado. Somente o século XX para produzir algo tão incrível e, ao mesmo tempo, assustador, diziam para si mesmos aqueles homens. Como um cogumelo que vai crescendo em velocidade vertiginosa, a fumaça subia aos céus. No início, estavam distante vários quilômetros do ponto em que ocorrera a explosão. No entanto, foram ordenados a marchar em direção à

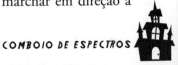

ocorrência. Na hora do impacto, minutos antes, um dos soldados colocara a mão sobre o rosto, para se proteger da intensa luz, e viu, através da pele, os próprios ossos.

Distante do grupo de soldados que marchava decidida e incansavelmente, vinham dois automóveis. Um jipe do exército e um caminhão com enfermeiros e médicos. A cada metro que avançavam, quando próximos do perímetro mais perigoso, os homens começavam a sentir certos efeitos em seus corpos. Primeiro, o calor, que deixava o suor brotar de suas têmporas. Em seguida, as solas dos sapatos começavam a se descolar. E a roupa a grudar no corpo. Chagas se manifestavam na pele, como se executadas por demônios invisíveis.

Mesmo assim, o grupo avançava até o seu limite. Ordens eram ordens. Não era possível voltar atrás. Tinham se engajado ao exército e pronto. Foram transformados em cobaias descartáveis. No entanto, alguns sempre tiveram privilégios. Os oficiais que vinham no jipe, ao observarem os efeitos da radiação sobre os reles sujeitos, iam embora, retornavam para a base. Mas o castigo não tardaria.

Já os soldados, os poucos que sobreviveram, voltaram quase como zumbis, depois daquela caminhada às portas do inferno. Não sabiam a quantidade de veneno que suas veias haviam ingerido. Nem mesmo podiam supor o quanto de seu sangue ficara contaminado pela radiação. Alguns, que ainda chegaram a ter filhos, passaram geneticamente seu sangue impuro para uma prole degenerada.

Os oficiais, nesse dia, ao realizarem testes de resistência e morte para os seus comandados, não foram poupados pela ação do destino. Algum juiz com senso de retidão ferrenho não os perdoou. Jogou sobre eles o castigo de uma névoa sobrenatural. Um monstro, composto de muitos monstros, tão mortal quanto a própria bomba atômica.

Horror por horror, assim se pagava a conta. Olho por olho, dente por dente, tal qual se legislava na antiguidade. O comboio de espectros e a sua filosofia de purificação se arrastava pela terra ceifando vidas.

10. Bruxas

Mulheres depois de serem acusadas como bruxas dificilmente escapavam de uma sina purificadora. A dúvida do juiz permanecia: ordálio de fogo ou da água para descobrir a verdadeira natureza daquelas mulheres? A provação da água consistia na sobrevivência da acusada depois de ser levada para o centro de um lago com uma pedra amarrada ao corpo. A provação do fogo: segurar ferro quente com as mãos nuas e sair ilesa sem uma única bolha na pele. O juiz, do caso em questão, confabulava com outro dominicano. Ele e o seu auxiliar eram inquisidores conhecidos por métodos infalíveis no reconhecimento de feiticeiras e de feiticeiros.

A decisão era aguardada com avidez pela população mais comum e também pelos nobres que assistiam ao julgamento. O tribunal não passava de uma sala contígua de uma igreja sem luxo. O vilarejo era pobre. Os ricos tinham poucos representantes no local.

A decisão fora pronunciada. Saberiam pelo julgamento divino através do fogo e também pela água a verdade. Já que

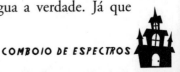

tinham duas mulheres sendo testadas, seria apropriado utilizar processos diferentes para educar aquele bando de camponeses. Era evidente aos olhos dos dominicanos que a comunidade daquele lugar precisava ser edificada, pois em seu cerne haviam surgido duas candidatas ao estigma de bruxa. Não queriam que surgissem outras aberrações geradas pelo demônio naquelas terras do Senhor. Talvez o exemplo fosse suficiente para colocá-los novamente no caminho da retidão.

No início da tarde, encaminharam-se com a primeira das acusadas para a região de uma lagoa gelada e profunda. O céu cinza dava o tom lúgubre das ações que iriam decorrer daquele processo. A mulher caminhava com os pés descalços e as mãos amarradas. Vestia trapos. Os cabelos longos e ruivos estavam desgrenhados, caídos sobre o rosto.

Os aldeões a acusavam de ter parte com o Diabo. De se encontrar com o demônio nas noites sem lua e se entregar a ele de corpo e alma. Suas plantações definhavam por culpa de seus atos. Ela, por sua vez, negou a calúnia até o fim. Mesmo tendo sofrido o interrogatório violento promovido pelo dominicano, auxiliar do juiz.

Lá iam eles. A mulher, os dominicanos e a pequena população do vilarejo em procissão. Chegaram ao lago. De uma carroça, dois homens desceram uma pedra pesada previamente amarrada em uma corda grossa. Em seguida, desataram os nós que prendiam as mãos da acusada. Depois, amarraram a ponta da corda na cintura da mulher, fazendo-a segurar a pedra. O juiz disse:

— Entre na água.

Ela não disse nada. Seus braços tremiam, devido ao peso do fardo que carregava.

— Vamos! Eu ordeno. Se você for inocente, Deus salvará sua vida.

Manteve-se calada, com o olhar voltado para o chão.

— Não entende o que eu digo, mulher?

O silêncio fez com que o juiz ficasse irado, demonstrando pela face rubra sua fúria. Pegou o cajado que carregava e a espancou as costas.

Ela gemeu, curvou-se... quase caiu.

— Não dê chances para que o Diabo vença, mulher. Se você é inocente, deixe nas mãos de Deus essa provação!

Uma lágrima escorria do rosto da acusada. Não podia limpá-la, pois estava com as mãos ocupadas. Tentava esconder sua derrota com os cabelos jogados sobre a face.

— Vá em frente. Entre, para que possamos saber a verdade!

Ela sentiu os pés gelarem quando penetrou no lago.

— Vá! — ordenou o juiz com um berro.

Chorando, a mulher seguia adiante. Quando estava com água na altura dos seios, perceberam que se desequilibrou. Provavelmente deixara cair a pedra, que já se ocultara nas águas. A acusada afundou. Segundos tensos se passaram. Viram bolhas de ar tocando a superfície. Parecia que nem o vento era capaz de produzir som. Os pássaros emudeceram. Os aldeões prenderam a respiração. Tudo havia ficado congelado. Paralisado pelo tempo. Mas, então, depois dos segundos, vieram os minutos. Enfim, compreenderam.

— Está provado! Tínhamos uma bruxa entre nós! — decretou o juiz.

Os habitantes do vilarejo baixaram as cabeças, ficava claro que parte da culpa era deles. Como podiam ter deixado o mal se instalar sobre sua paróquia? Sabiam que seria necessário rezar e se penitenciar muito mais do que já faziam. O Diabo não podia viver entre eles.

— Vamos queimar a outra bruxa! — esbravejou um camponês.

— A provação do ordálio dirá se ela é mesmo uma bruxa. Não nós! — alertou o juiz.

O grupo retornou até onde haviam deixado a outra acusada.

Chegaram a uma oficina. Um forno aceso os aguardava. Não foi possível que todos acompanhassem o evento, pois dadas as dimensões do lugar, este não comportava uma multidão. A balbúrdia era geral, queriam ver o julgamento divino. Um homem que fazia a guarda da mulher, quando chegou o juiz, a empurrou na direção do ferreiro, que esquentava uma barra comprida de ferro.

— Não quero ser pessimista — lamentou o juiz. — Mas, como a primeira delas era uma bruxa, é bem possível que essa tenha seguido o mesmo caminho.

— Vamos, mulher, toque a barra — o ferreiro disse.

A acusada tentou correr em direção à porta. Mas foi agarrada pelo dominicano, auxiliar do juiz. Depois, foi ajudado por outros a segurá-la. Forçaram a mão da mulher até que ela agarrasse o ferro incandescente. A pele soltou da palma da mão. O cheiro de queimado invadiu as narinas dos mais próximos. Os ouvidos foram incomodados pelos berros da bruxa.

— Outra! Malditas bruxas. Espalham-se como praga! — vociferava o juiz.

DUDA FALCÃO

— Fogueira! Fogueira! — começaram a solicitar com brados entusiasmados os presentes.

— Preparem a purificação! — ordenou o juiz, deixando o local.

Pouco antes de anoitecer, amarraram a feiticeira a um poste rodeado de lenha. Acenderam a pira. Quando a fumaça começou a subir, sufocando a acusada, os aldeões, o juiz e os dominicanos perceberam que se alastrava também por todo o chão de pedra da praça central. Conforme aumentava, puderam ver formas indistintas se erguendo do chão como em um passe de mágica. Uma névoa sobrenatural incidia sobre todos.

— Bruxaria! Bruxaria! — alguns ainda puderam gritar, antes que tivessem suas vísceras espalhadas pelo chão.

A mulher, antes de morrer, teve tempo de cuspir uma última palavra, quase sem fôlego:

— Justiça!

PARTE II

11. O reencontro de velhos amigos

Laura reconheceu Léo de imediato. Seu rosto não parecia ter mudado nada ao longo dos anos. Devia ter mais ou menos uns onze anos de idade quando se viram pela última vez. Lembrava que a família dele teve de se mudar para outra cidade, em função da profissão do pai. Ela nunca escondera a atração que sentia por Léo. A mão dele apertando a sua quando tiveram aquela visão a confortara... Dera-lhe força para não enlouquecer diante de tal pesadelo que haviam vivenciado juntos... Fora uma espécie de esquizofrenia coletiva, conforme diagnóstico dos psicólogos, explicação que facilitava racionalizar a morte súbita do pai dela.

Tentara apagar aquela noite de sua memória. No entanto, muitas vezes acordara durante a madrugada banhada em suor frio, lembrando-se daquele acontecimento de viés insano. Reencontrar Léo trazia à tona diversos sentimentos, os bons e os ruins ao mesmo tempo.

— Oi. Você continua bonito como sempre, sabia? — disse Laura, pouco tímida, ao se aproximar do amigo de infância.

— Estou virado num velhaco, isso sim! — Léo a abraçou tentando afastar a imagem ruim que invadia sua mente.

Quando se desvencilharam do abraço, ele disse:

— Seu sorriso é que não mudou. Como eu queria ter ficado. Ah, se eu tivesse morado naquela rua mais algum tempo... Teria te pedido em namoro — Léo falou com sinceridade e bom humor.

— Ainda há tempo. Não somos tão velhos para isso. Meus filhos já estão criados... Meus netos... Bom, meus netos, às vezes eu fico com eles.

Léo sorriu e deu força para a ideia:

— Eu já tenho inclusive um bisneto. Se não tem problema para você, para mim significaria fechar minha vida com chave de ouro.

— Sempre gentil. Não ficamos tão carrancudos assim depois que envelhecemos, não é verdade?

— Parece que não.

— Está pronto para atravessar o Atlântico?

— Vai ser moleza. Já fiz essa viagem outras vezes. Mas será a primeira vez que pisarei no Vaticano. E você?

— Eu também. É uma pena que Carolina não esteja mais entre nós. Seria bom revê-la depois de todos esses anos. Foi o Gilberto, quando nos fez o convite, que me informou sobre o falecimento dela.

— Sim. Eu soube através dele também. E, por falar nisso, parece que o Gilberto não manteve a mesma juventude que nós.

— Não exagere... Ele não está tão mal. Se não fosse padre, aposto que teria causado celeuma entre as mulheres.

Os dois riram. Mostravam-se contentes em se reencontrar, mesmo esforçando-se para empurrar para um quarto escuro da memória a inexplicável e hedionda morte do pai de Laura. Uma morte que os levou durante algum tempo a serem chamados de malucos. Que os obrigou a ingerir remédios para controle de suas sanidades abaladas.

Ouviram uma voz melodiosa de mulher nos alto-falantes espalhados pelo aeroporto chamando os passageiros do voo 174 com destino a Roma, com escala em Lisboa.

— É o nosso — disse Léo. — Vamos?

— Sem dúvida. Está na hora.

Laura e Léo se dirigiram ao portão de embarque. Aquela seria uma longa viagem para as juntas envelhecidas dos dois. O amigo, Gilberto, que não viam de longa data, pagara todas as despesas. Queria encontrá-los o quanto antes. O velho padre seria o cicerone dos dois em um passeio pela capital do cristianismo.

12. Vaticano

O casal de amigos chegou à Praça de São Pedro às nove horas. Já tinham em mãos os tíquetes dos museus. Quando chegaram ao hotel, no dia anterior, receberam na recepção as entradas. Tinham sido deixadas por um funcionário do Vaticano em nome de Gilberto. Jantaram juntos, compartilharam uma garrafa de espumante e recolheram-se para seus quartos antes das vinte e duas horas. Contaram sobre as experiências de suas vidas. Divertiram-se com a companhia um do outro.

Antes de ingressar no Vaticano, tiveram de enfrentar uma longa fila. Mas bem-humorados que estavam, não perderam a paciência. Toda aquela paisagem era nova. O primeiro impacto foi ver a bela e ampla Praça de São Pedro, que fora aperfeiçoada pelo arquiteto e escultor Bernini, no século XVII. Em seu centro, repousa imponentemente um obelisco egípcio de quarenta metros de altura contando com uma cruz incrustada em seu topo, a qual acredita-se ser composta por fragmentos da cruz em que os romanos crucificaram Jesus Cristo.

O funcionário do Vaticano que fornecera os tíquetes orientou para que encontrassem Gilberto em frente à entrada principal da Basílica de São Pedro. Para lá se dirigiram. Havia muitos turistas no local. Léo tinha certeza que se lembraria do amigo. Não foi necessário utilizar o celular para que se encontrassem. Um padre alto e magro, vestindo batina, com uma corcunda acentuada e utilizando uma bengala de madeira, se aproximava lentamente de Laura e Léo.

— Sejam bem-vindos! — o padre se aproximou abrindo os braços para Laura.

DUDA FALCÃO

— Gil! — ela gostaria de ter dito o quanto o amigo estava bem. Mas calou-se. A pele de Gilberto parecia terra seca de barro, com profundos cânions no rosto e nas mãos. Sua velhice era muito mais acentuada do que a dela ou a de Léo.

— Amigo! — disse Léo, o abraçando. — Que bom revê-lo pessoalmente! A Internet não nos revela o espírito das pessoas!

— Também acho, Léo. O virtual não nos dá o calor humano. Fiquei muito contente que vocês tenham aceitado meu convite.

— Nós também ficamos contentes com o seu convite, Gil! Aqui é maravilhoso.

— A praça é de encher os olhos, não é mesmo? Mas esperem para ver a Basílica e a Capela Sistina. Vocês vão se arrepiar com a beleza. A arte humana ainda é nosso maior dom. Mas venham, venham. Antes de levá-los até minha humilde residência, quero que conheçam as obras de arte que temos espalhadas por aqui!

Gilberto caminhou com os amigos durante horas pelas atrações do Vaticano: a Basílica, a Capela Sistina e os museus. Admiraram a arquitetura, as esculturas, coleções de antiguidades, a pinacoteca e a biblioteca.

— Tudo é incrível, Gilberto! Não sei como posso agradecer seu entusiasmo e o presente que está nos dando. Mas não posso dar mais nenhum passo, meus ossos parecem que vão se desintegrar — Juliana falou sorrindo, mas com visível cansaço.

— Não é possível conhecer todos os segredos e maravilhas do Vaticano em um dia. Em poucas horas, então, nem se fala. Imagino que vocês devam estar com fome.

— Meu estômago está roncando, caro amigo — disse Léo brincando.

— Deixarei vocês à vontade, então. Daqui a pouco tenho um compromisso. Gostaria de encontrá-los amanhã. O que acham?

— Certamente, Gil! — disse Laura.

Léo também concordou, com um movimento leve da cabeça.

— Amanhã é feriado — disse Gilberto. — Dia de Todos os Santos. Vou solicitar que um motorista busque vocês no hotel por volta das nove e meia. Pode ser?

— Claro! — Os dois responderam em uníssono.

— Receberei vocês na minha residência, aqui mesmo no Vaticano. Tomaremos vinho enquanto preparo um almoço para nós.

— Será uma honra ver atrás destes muros! — afirmou Léo.

Os três pareciam bem afinados e contentes de estarem juntos.

Pouco depois, Gilberto se despediu dos amigos, deixando-os na saída da Basílica de São Pedro.

13. Um soldado de Deus

O motorista passou por um dos portões do Vaticano. Mas antes, Léo e Laura tiveram de apresentar seus passaportes para um sujeito da Guarda Suíça, vestido com o pomposo traje de listras azuis e amarelas.

Assim que estacionou, o motorista os conduziu por uma alameda de jardim suntuoso e árvores típicas da região italiana.

— Os jardins aqui não são lindos? — o motorista falava um bom português.

Laura e Léo se limitaram a sorrir e a elogiar a beleza bucólica do local pelo qual estavam passando. Realmente, sentiram-se

DUDA FALCÃO

privilegiados podendo conhecer o interior, o coração daquele Estado, pequeno em tamanho, mas gigante em poder. Caminharam por um passeio de pedra, que atravessava um gramado florido até atingir um prédio de poucos andares. Era um dia bonito de outono, o sol brilhava no alto do céu. Não estava muito frio na ocasião.

O motorista bateu com os nós dos dedos em uma porta de um apartamento térreo.

Logo, Gilberto a abriu.

— Bom dia, Padre! Aí estão seus amigos. Demoramos um pouquinho, pois resolvi mostrar as principais ruas e avenidas de Roma para eles — disse o motorista.

— Fez muito bem, Giuliano! Muito gentil de sua parte. Obrigado.

O funcionário deu adeus para Léo e Laura, que entraram no apartamento.

— É aqui que eu moro. Um lugar simples, mas com tudo o que eu preciso. Sejam bem-vindos!

A sala estava iluminada quando entraram. Era um cômodo pequeno. À esquerda se via uma cozinha com pia, armários, uma geladeira e um fogão. Uma mesa de quatro lugares ficava quase no centro do ambiente. Logo adiante, no fundo da sala, uma escrivaninha com um computador de mesa ao lado de um telefone. Na parede oposta, uma estante com livros e cadernos. Ao lado, um sofá-cama. Sobre ele, um quadro com o retrato do atual papa.

Uma janela dupla de madeira entreaberta permitia a passagem da luz do sol e revelava outro jardim e mais um prédio baixo bem próximo. À direita, havia uma porta.

COMBOIO DE ESPECTROS

— Por favor, meus amigos, sentem-se! — Gilberto pegou uma garrafa de vinho que estava sobre a mesa. — Essa é para uma ocasião especial. Acompanham-me? Vamos precisar. Eu garanto!

— Não poderemos negar — Laura falou sorridente.

Gilberto sacou a rolha em um instante e serviu a bebida alcoólica em simples cálices para os convidados. Fizeram um brinde. Em seguida, o padre conferiu o forno para ver se o prato que preparava já estava pronto. Não demorou para que estivessem almoçando, conversando descontraidamente e rindo das suas próprias vidas. Em nenhum momento, no entanto, mencionaram os acontecimentos daquela noite tenebrosa que acontecera há tanto tempo. Tratava-se entre eles de um tabu.

Depois do almoço, Gilberto fez um café para os três. Foi quando Léo perguntou:

— E, então, Gil, quais são exatamente as suas atribuições aqui no Vaticano? Pelo que percebi de suas fotos no *Facebook*, você é um sujeito que viaja bastante.

— Eu não sabia por onde começar, meu caro. Mas sua pergunta me ajuda bastante. A partir daqui, vocês compreenderão o motivo do meu convite. É claro que eu desejava vê-los. Mas, acima de tudo, queria nos ajudar na superação do nosso maior trauma. Sem mais rodeios. Vocês sabem o que é um exorcista?

Laura colocou a xícara sobre o pires:

— Você quer dizer um exorcista... Como aquele do filme?

— Sim, Laura. Bem parecido com aquele. Mas com apenas uma diferença. Eu sou de carne e osso.

Os amigos, ao ouvirem Gilberto, pareciam impactados pela informação.

DUDA FALCÃO

— Exorcismos são reais? — perguntou Léo com a voz baixa, como se começassem a adentrar terreno perigoso.

— Sim. São. Mas não dão em árvore. São raros. Muito raros. Até hoje, tive somente duas experiências em que a presença do demônio era inegável. As outras ocorrências se apresentavam como distúrbios psicológicos que tinham de ser tratados pela medicina e não pela fé. Minhas viagens são patrocinadas pelo Vaticano para diagnosticar casos com características de possessão.

— Será que não podemos conversar sobre outro assunto mais palatável? Isso me dá arrepios. Vejam meus braços! — os pelos de Laura estavam em pé.

Gilberto, como se estivesse muito longe, apenas vasculhando suas lembranças, não deu importância para o comentário da amiga e continuou falando:

— Na primeira vez que me deparei com uma entidade, durante meu trabalho, meu sangue gelou nas veias. Tive certeza de que podia ler minha mente. Não tudo, mas conseguia visualizar a coisa que me dava mais calafrios. Aquele dia, Laura, em que seu pai morreu.

— Isso está sendo um pouco desagradável. É necessário nos fazer lembrar daquele momento?

— Não vou pronunciar o nome dele para vocês — continuou Gil, sem dar conta do comentário. — Mas era um espírito antigo. Zombou de mim, de nós, quando vimos o assassinato do seu pai. Ele sabia. Contou como as coisas ocorreram nos mínimos detalhes. Eu não deixei que ele falasse mais, ocupava o corpo de um garotinho boliviano. Aspergi água benta no maldito e comecei o ritual falando as palavras sagradas das Escrituras e invocando

o nome secreto de Deus. Demorei alguns dias naquele processo. Mas não deixei mais que falasse comigo. Fechei a minha mente para ele. No final, a palavra de Deus venceu.

Gilberto deixou a xícara de café de lado e buscou outra garrafa de vinho, então a abriu e serviu-se de mais um copo. Ofereceu para os amigos, que, relutantes, acabaram aceitando. O clima daquela conversa já não era mais o mesmo de quando haviam chegado ao apartamento. Agora, somente o padre falava, Léo e Laura se tornaram meros espectadores:

— Sabem por que eu me tornei padre? — os dois permaneceram em silêncio. Apenas Léo deu de ombros para mostrar que não sabia a resposta. — Eu queria entender o que tinha acontecido conosco naquela noite. Que tipo de visão havíamos compartilhado. Estávamos mesmo loucos? Entendam, eu não me conformava com essa perspectiva, mesmo depois de terem nos drogado como se estivéssemos insanos. Nossa adolescência não foi nada boa, todos nos viam como estranhos. Léo, você teve sorte em se mudar logo. Eu demorei um pouco mais. Minha mãe me proibiu de ver Carolina ou Laura. Carolina foi minha única paixão. Paixão de infância, e não pudemos trocar um beijo ou olhar de afeto depois daquilo, tivemos para nós somente a distância. Vi, em pouco tempo, todo o meu universo de expectativa se voltar para a religião. Para algo que pudesse me dar algum conforto.

O padre bebeu um gole para limpar a garganta:

— Primeiro estudei teologia, mas não me contive apenas com o conhecimento da fé, busquei também pelo conhecimento da ciência e da razão. Debrucei-me sobre livros de física, química e psicologia. Comecei a me destacar pelos meus estudos, até que conheci na Espanha meu professor. Ele me instruiu nos caminhos do exorcismo. E, desde lá, venho caçando espíritos malignos, com pouca eficácia, é bem verdade, somente dois até agora, mas não desisto. Sou um soldado de Deus. Engajado e resoluto.

— Isso parece uma espécie de guerra para você! — Léo afirmou, encorajando-se em participar daquela conversa.

— É claro que é uma guerra. Uma guerra por almas, meu amigo.

— Entre céu e inferno você quer dizer?

— O que você acha?

Não houve resposta. Léo demonstrou incerteza.

— Os flagelantes pendem a balança para o lado do mal. É hora de dar um final à caminhada deles — Gilberto socou o ar de maneira impetuosa.

— Quem são os flagelantes? — Laura resolveu participar, tentando deixar o receio de que aquela conversa pudesse de alguma maneira despertar os seus pesadelos noturnos.

— Nós três sabemos bem quem eles são — respondeu Gilberto.

Um calafrio percorreu a espinha de Laura e também a de Léo.

— Viver no Vaticano me permite pesquisar documentos antigos e saber de relatos que a ciência não explica. Procurando por casos estranhos na biblioteca, descobri a história de um menino e de um bando de fantasmas que sugou a essência vital de um padre residente em uma igreja do interior da França, durante um surto de peste negra. O garoto foi interrogado por inquisidores e

COMBOIO DE ESPECTROS

contou que o sacerdote não permitia a entrada dos fiéis sofredores no templo. Entendeu que aqueles monstros o haviam punido por tamanha falta de generosidade e compaixão para com o próximo. Sua explicação não convenceu o tribunal, que o julgou e o considerou culpado pelo assassinato do tutor. Como castigo pelo seu ato, acabou enforcado.

— Difícil acreditar que a mesma Igreja produtora de coisas tão lindas como as que vimos ontem e hoje mesmo seja capaz de atos tão cruéis — Laura não conteve a indignação no tom irônico da voz. Uma semente de descrença fora lançada em seu coração. Como podiam inquisidores acabar com a vida de um inocente? Os fantasmas existiam. Ela quase sempre teve certeza desse fato. Os médicos que a trataram com psicotrópicos, durante sua estadia no hospital psiquiátrico, de certa forma, mataram um pouco dela com a terapêutica forçada. Sentiu raiva dos sujeitos que faziam o mal impunemente. Odiou os inquisidores, os alienistas e o seu pai bêbado, que batia nela e na mãe até sangrar, até ouvir algum osso estalar.

— A crueldade acompanha a humanidade desde tempos imemoriais. Mas tenho fé que no exemplo de Cristo podemos mudar. Um dia todos nós seremos melhores — disse o padre, ainda disposto e convicto.

— Você encontrou mais alguma informação sobre esses flagelantes? — quis saber Léo. Durante toda a vida, fizeram-no acreditar que tinha surtado durante algumas horas. Encheram-no de drogas até que afirmasse que não tinha visto nada além da morte do pai de Laura. Ou seja, um súbito mal-estar do coração que o levou desta para outra. Pela primeira vez, depois de tantos anos, Léo conseguia encarar que o que presenciara fora real e não uma loucura, não uma projeção de seus medos.

— Sim. Eu encontrei. Em um vilarejo italiano, duas mulheres foram condenadas por bruxaria. Depois que uma delas morreu asfixiada pela fumaça da fogueira, ouviram-se gritos vindos da praça de execução. Um dos cidadãos que manteve a janela de sua casa fechada, evitando ver o sofrimento da mulher, ficou apavorado com o pânico que tomara conta do lugar. Olhou por entre as frestas da janela e os viu. Os cadáveres pútridos e vaporosos dos nossos conhecidos flagelantes. Não teve coragem de descrever a chacina que presenciara para outros inquisidores que chegaram alguns dias depois. Teve, obviamente, receio de ser sentenciado como cúmplice dos demônios. Por ser de família abastada, sabia ler e escrever. Deixou um relato em seu diário sobre o acontecimento. Somente muitos anos após a sua morte o caderno foi entregue para autoridades eclesiásticas. Acabou vindo parar aqui na nossa biblioteca de documentos raros.

Gilberto serviu mais vinho e emborcou o copo, sem deixar sobrar qualquer gota:

— Eu poderia contar sobre outras aparições dos flagelantes. Mas... Percebo que vocês já compreendem a verdade como eu. Eles não foram criações das nossas mentes infantis. Coletam almas desde a Idade Média. A boa notícia é que podem ser exorcizados. Descobri isso quando encontrei o segundo demônio, que ocupava o corpo de uma mulher polonesa. Esse foi outro que leu a minha mente. O maldito soube como lidar comigo. Tudo o que queria era permanecer mais tempo devorando a alma daquela pobre mulher. Quando eu estava com o ritual próximo de ser finalizado, ele jogou uma cartada suja. Eles são assim. Disse que desejava permanecer utilizando aquele vaso mais alguns dias e que se eu não o expulsasse, ele me contaria algumas coisas que eu desejava saber sobre os meus inimigos. Titubeei. Não tive reação, minha curiosidade me impediu de concluir o exorcismo naquela mesma hora. Amaldiçoei-o por me tentar daquela forma. O monstro gargalhou, deixando que uma baba viscosa verde escorresse pela boca. Os olhos vermelhos, injetados de sangue, me fitavam aguardando resposta. Eu o pressionei, ordenei que me dissesse como encontrá-los! *Se quiser saber, volte amanhã*, foi a sua resposta carregada de veneno. Aspergi água benta naquele rosto hediondo. A coisa gritou de dor e, em seguida, riu zombando mais uma vez de mim. *Se fizer isso de novo, nunca saberá!* Ah, expulsar dezenas de almas penadas que vagam pelo mundo ceifando vidas valeria minha pena. Deixei que o maldito ficasse mais um pouco. Saí daquele quarto, que fedia a fezes e urina, com o eco de suas risadas infernais em meus ouvidos. No dia seguinte, retornei.

 As expressões enrugadas do rosto de Laura transpareciam sua total indignação com o ato fútil de Gilberto. Não imaginava que um padre podia ser tão vaidoso em relação ao próprio ofício. Deixara que uma mulher sofresse a opressão do demônio para satisfazer seus objetivos e caprichos.

— Recomeçamos aquele embate de gato e rato — Gilberto continuava a narrativa. — Durou dias, até que o maldito me contou o que eu queria saber. Revelou-me como encontrar os demônios flagelantes. Através de um acordo, eu consegui enganá-lo. Prometi que o deixaria ocupando aquele corpo indeterminadamente. Que eu iria embora para não voltar jamais, se me dissesse como invocá-

DUDA FALCÃO

los. Pelo visto, a criatura confiou em mim. Quebrei minha parte no tratado libertando a polonesa dos grilhões impostos pelo demônio. Expurguei-o para o inferno, lugar de onde nunca deveria ter saído.

Gilberto levantou de sua cadeira, pegando a garrafa de vinho quase vazia.

— Venham comigo. Quero mostrar-lhes uma coisa — disse o padre.

14. Invocação

Laura e Léo, impactados por toda aquela história, demoraram um pouco para levantar de suas cadeiras. Assim que o fizeram, Gilberto abriu uma porta que dava acesso a outra peça do apartamento. Estava escura. Entrou na frente, aguardando pelos amigos. Acionou o interruptor ligando uma lâmpada de luz amarela e fraca.

O quarto era pequeno e dentro dele não havia nada além de uma bíblia que repousava no interior de um círculo, com figuras geométricas intrincadas, pintado no chão. Símbolos astrológicos decoravam as paredes. Gilberto chaveou a porta depois que Léo e Laura entraram.

Léo, intrigado, perguntou:

— Qual o significado disso tudo, meu amigo?

— É hora de acabar com eles. Vocês vão ver com seus próprios olhos que nunca estivemos loucos — Gilberto serviu-se de mais um gole de vinho. Parecia precisar da bebida para instilar coragem ao ato que estava prestes a realizar. Depositou a garrafa vazia fora do círculo e pegou a bíblia sagrada.

— Eu não sei se quero participar do seu ritual! — disse Léo.

— Apenas fiquem dentro do círculo. Venham!

Léo e Laura permaneceram parados, indecisos, sem saber o que fazer.

— Por favor, preciso de vocês. Vocês me darão força!

Laura entrou no círculo e chamou Léo com um gesto da mão. O amigo a acompanhou na decisão.

— Obrigado! — disse Gilberto agradecido. — Soube pelo demônio que expulsei do corpo da polonesa que símbolos antigos de procedência arcana seriam eficazes em nos proteger e também obrigar a aparição dos nossos inimigos. Pelas minhas leituras e nossa própria experiência, descobri que os flagelantes surgem na Terra uma vez por ano. Em um dia específico...

— Dia primeiro de novembro? — arriscou Laura, sem deixar que o padre completasse sua explanação.

— Você é muito perspicaz, minha amiga.

— Não se trata de perspicácia. É que eu nunca poderia esquecer o dia em que meu pai foi julgado.

Gilberto não percebeu a entonação raivosa com que Laura pronunciou a palavra "julgado". Léo, no entanto, apreendeu a amargura na voz da amiga.

— Por que eles aparecem nesse dia? — quis saber Léo.

— É Dia de Todos os Santos. Celebração que comemora, como o próprio nome diz, o dia dos santos e dos mártires. Os flagelantes foram sujeitos de uma seita fanática, que expiava seus pecados com a prática da flagelação. Buscavam, assim, ser aceitos no céu. Por onde passavam, tinham interesse em aliciar mais adeptos. Viam o mundo cristão corrompido, repleto de

DUDA FALCÃO

pecadores que precisavam ser reeducados na religião através da dor. O demônio com o qual travei meu mais duro embate me revelou que um grupo deles, que vagou por diversas regiões da Europa Mediterrânea, realizou um pacto com um anjo. Em sua ingenuidade e sede de converter a cristandade aos seus preceitos, firmaram um contrato de sangue com a criatura sobrenatural. Mal sabiam eles que estavam negociando com o anjo caído: Lúcifer! Considerando-se mártires cristãos, eles caminham amaldiçoados, durante esse único dia, ceifando aleatoriamente almas que julgam pecadoras. São como espíritos errantes a serviço do príncipe das trevas.

Laura e Léo deram as mãos, para que a força de um e do outro os fortalecesse naquele momento de revelações perturbadoras.

— Agora permaneçam no círculo. Dentro dele estamos seguros.

— Eu vou embora — disse Léo.

— Não, Léo. Fique comigo. Gilberto precisa de nós.

O pedido de Laura fez com que Léo ficasse. O amigo pressentia que algo ruim aconteceria, mesmo assim não conseguira recusar o pedido. Gilberto abriu em uma página marcada a escritura que empunhava como uma arma. Começou a ler uma passagem bíblica e depois outra e mais outra. A cada frase que falava, aumentava a entonação, crescia uma espécie de tensão naquele ambiente fechado. Laura e Léo perceberam que da boca de Gilberto saía um ar frio. A temperatura no quarto caíra bruscamente.

Conforme Gilberto continuava sua ladainha, a luz começou a piscar até que queimou, deixando o lugar às escuras. Por entre

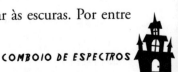

COMBOIO DE ESPECTROS

as frestas da janela de madeira que estava fechada penetrava um pouco de luminosidade do sol.

Léo se mexeu em direção à porta. A amiga o segurou, impedindo-o.

— Não — Laura murmurou. — Ele a encarou, sentindo-se vencido.

Aos poucos, os olhos dos companheiros foram se acostumando ao aposento no escuro. A parca luminosidade vinda do exterior ajudava Gilberto na continuidade da leitura. No entanto, mesmo que ficasse completamente nas trevas, o padre saberia o que dizer. Seu alto conhecimento do ofício o permitia falar frases de cor.

Perceberam a presença dos invocados poucos minutos depois. A névoa começara a brotar do chão, como se houvesse rachaduras no piso, envolvendo-os até as canelas. Formas fantasmagóricas ganharam consistência, apresentando ossos, músculos e carnes deterioradas, pútridas e corroídas. Puderam sentir o fedor de um matadouro invadindo os seus narizes.

Cadáveres em decomposição estavam por todos os lados do círculo. A presença opressora daquele grupo minava a força de vontade dos três.

— Nos chama aqui para puni-lo, padre? Vemos os seus pecados como se fosse água cristalina. Se assim for, deixe o interior da sua proteção agora mesmo — disse um dos flagelantes, que empunhava um chicote de três pontas e vestia um manto puído, sem deixar de esconder o rosto descarnado. — Nossa ronda não permite atrasos. Venha logo para que não seja necessário arrastá-lo daí!

DUDA FALCÃO

Léo percebeu a variedade de trajes com que as criaturas do inferno se apresentavam. Uns usavam mantos portando chicotes — possivelmente se tratavam dos flagelantes. Mas havia outros fantasmas que os acompanhavam. Alguns vestiam uniformes únicos, como uma farda de soldado ou terno e gravata, como se representassem políticos ou advogados. Havia também um bispo empunhando o báculo e utilizando a mitra, uma freira, uma noiva, uma garçonete, um piloto de corridas de carros com o seu capacete nas mãos, um bombeiro, uma enfermeira, um boxeador e até mesmo crianças, além de pessoas das quais não era possível identificar a profissão ou os afazeres pelas roupas. Léo quase teve uma vertigem naquele momento. Era como se estivessem em outro lugar, não mais naquele quarto. As criaturas formavam um verdadeiro comboio até onde sua visão alcançava. Um amaldiçoado comboio de espectros, que fazia o seu coração acelerar.

Gilberto não se deixou abater pelas palavras carregadas de ódio. Continuou sua pregação contra o mal. Estava decidido em realizar aquele exorcismo. Invocou o nome secreto de Deus e o utilizou como espada de fogo contra os flagelantes. Ordenou que deixassem a Terra e que cumprissem a pena pelos seus pecados no inferno.

Laura e Léo ouviram o lamento dos espectros, quando estes escutaram as palavras abençoadas. Muitos deles se desvaneceram, alguns começavam a evaporar. Outros ainda permaneciam firmes e em pé.

Léo percebera que Laura soltara a sua mão para pegar a garrafa de vinho, que estava fora do círculo. Por pouco não fora puxada pelas cadavéricas figuras. Havia aproveitado o momento em que sofriam ao ouvir o nome sagrado. O amigo não entendeu por que ela tinha se arriscado daquela maneira. Não teve chance de perguntar, pois logo descobriu o que Laura pretendia.

Com toda a força que a idade ainda lhe permitia, Laura espancou Gilberto na nuca utilizando a garrafa, que se quebrou. Depois, ainda lhe deu mais uma estocada no pescoço. O padre se estatelou no chão com profundos cortes.

— O que é isso? Você enlouqueceu, Laura? — Léo a interrogou estupefato.

— Você não compreende? — Laura não respondeu. Devolveu-lhe com os olhos marejados uma pergunta.

— Não! Não consigo entender! — Léo se aproximou com evidente irritação. Ela se afastou dois passos. — Dê isso para mim. — Laura lhe entregou a garrafa quebrada, que ainda segurava.

Aos prantos, ela tentou explicar por que fizera aquilo:

— Você devia me entender! Eles são a justiça, Léo. Quando eu e minha mãe precisamos, foram eles que nos salvaram. Eles puniram o meu pai. O bêbado que nos batia e nos maltratava como se fôssemos lixo. Quantas outras pessoas boas como nós eles ainda podem ajudar se não forem banidos? Quantos pecadores eles ainda vão julgar?

— Muitos, minha querida filha! Incluindo os assassinos.

Atrás de Laura, surgiu o espectro do pai bêbado. Fedia a cachaça. Com uma das mãos carcomidas, tapou a boca de Laura, e com a outra, a agarrou pela cintura. Só então Léo percebeu que Laura havia dado um passo para fora do círculo. O fantasma cadavérico a puxou para o interior da névoa, entre os companheiros que a cercaram. Seu grito de dor e agonia penetrou os ouvidos do

DUDA FALCÃO

amigo, que também gemeu desesperado. Léo fechou os olhos e se ajoelhou. Quando os abriu, viu o corpo dela todo retorcido no fundo do aposento e nenhum sinal dos demônios espectrais. Engatinhando, aproximou-se de Gilberto e conferiu o que já temia. O amigo estava morto, o seu sangue continuava esvaindo do pescoço. Pegou a chave do quarto em um dos bolsos do padre. Estava prestes a sair, mas desistiu. Ainda era Dia de Todos os Santos. Resolveu ficar dentro do círculo. Permaneceu no aposento até o início do dia seguinte. Somente quando os primeiros raios da alvorada invadiram o recinto, pelas frestas da janela, ele abandonou os corpos dos amigos.

Deixou o Vaticano. Mas antes que pudesse partir da Itália, já no aeroporto, a polícia local o prendeu por suspeita de homicídio duplo. Dessa vez, preferiu mentir, sabia que ninguém acreditaria em sua história. Admitiu ter assassinado os amigos, declaração que o levou diretamente para a prisão. Em uma cela, longe de seu país natal, temeu pela chegada de um novo Dia de Todos os Santos. Antes que eles pudessem encontrá-lo, decidiu-se pelo suicídio. Em uma manhã fria, seu corpo foi encontrado, após o corte dos próprios pulsos.

PARTE III

15. Missão espacial

Peter acordou. A primeira coisa da qual lembrou foi da família. Da ex-mulher e da filha. Não soube dizer por que, mas sentia-se culpado por ter deixado as pessoas que amara na Terra.

Uma voz eletrônica o colocou a par da sua situação. Aos poucos, sua memória retornava, sabendo exatamente quais os próximos passos que deviam ser realizados. Vestiu o seu macacão branco de comandante, tomou as pílulas de reposição alimentícia e sentou-se em frente aos painéis de comando. Cumprimentou Eva, o computador provido de inteligência artificial que gerenciava a Náutilus I. Era como se tivesse dormido apenas uma noite, mas haviam se passado dois anos. Finalmente, estavam chegando ao seu destino.

— Houston? Houston, está me ouvindo? Aqui é o comandante Peter Blair.

Após alguns segundos de estática, chegou a resposta.

— Em alto e bom som, comandante! Todos aqui estão fazendo festa em ouvir sua voz.

— Vejo Marte bem à nossa frente. É um planeta lindo! Lindo!

— Percebemos a emoção nas suas palavras, comandante. E o restante da tripulação?

— Já conferi os dados das cápsulas criogênicas. Estão todas OK. Como vocês sabem, vão acordar daqui a pouco. Para ser mais preciso, daqui a cinco minutos e quarenta e cinco segundos. Esse é um primeiro de novembro histórico para a humanidade. A primeira missão de colonização para Marte está sendo um sucesso.

— Parabéns, comandante!

— Ei, espere, Houston! Temos fumaça nos controles principais.

— Não detectamos nada de anormal pelos nossos computadores, comandante.

— Eu estou vendo... eu... mas o que é isso? O que é isso? Meu Deus! Houston, me ajude!

— Comandante, comandante, o que está havendo? Comandante?

Apenas os gritos de Peter Blair foram ouvidos como resposta, até que o silêncio e a estática os venceram.

O ESCRIBA DE LHU-KATHU

Sou Ravenant Rar, escriba-chefe do reino de Lhu-Kathu. Meus dias e noites são dedicados aos pergaminhos, aos rolos de papiros, aos livros, à pesquisa de fontes, à tradução, à cópia e análise da história dos nossos antepassados. Coordeno um grupo de intelectuais que trabalham comigo para conservar viva a memória do império. Aqui, na Fortaleza da Tempestade, a biblioteca do imperador é o sonho de qualquer estudioso interessado no passado.

Já perdi a conta de quantos manuscritos li durante a minha vida. Tenho idade avançada, mas ainda sou capaz de transitar pelos corredores frios do castelo e pelas escadarias que conduzem às inúmeras salas da biblioteca sem precisar do auxílio dos jovens. Hoje está frio, vesti um casaco pesado, a velhice costuma gelar o corpo de maneira inexorável.

Estou em um momento da existência em que tenho o estranho prazer de apenas reler histórias. Esse simples ato me traz a sensação de recuperar a juventude, como se pudesse ser o mesmo garoto curioso de tempos idos.

Acomodei-me na minha confortável cadeira, forrada com o pelo macio de gamos e com almofadas de penas de ganso, diante de uma grande mesa de mogno, em que costumo deixar empilhados e abertos diversos tomos e rolos antigos. As janelas estão abertas, para que a luminosidade da manhã preencha o recinto. Mesmo velho, meus olhos são privilegiados, vejo tão bem quanto uma águia.

Pego o livro que agora me interessa. Um tomo escrito por Warcrow, um cronista da primeira linhagem de Kathu. Alguém que pudesse ver minha sala neste instante concluiria que sou um sujeito desorganizado. Que vivo em meio ao caos. Estará enganado, sem dúvida, pois conheço cada escrito da biblioteca. Que o imperador não ouça os meus pensamentos. Entre essas quatro paredes opera o homem com o maior conhecimento da história do império. E qualquer um que tenha o mínimo de discernimento sobre alguma coisa no mundo sabe que conhecimento é poder.

Uma das narrativas de Warcrow que sempre me interessou trata da vida de Mariven, filha de Kathu, o poderoso feiticeiro que deu parte do nome às nossas terras e aterrorizou o norte do continente com seu exército de mortos-vivos. É uma autêntica história de horror e loucura. Surpreende-me até hoje. Quando li pela primeira vez, percebi o quanto seres humanos podem ser doentios.

Mariven foi uma criança mimada. Sempre teve tudo o que pediu para o pai. Os escravos a odiavam mais do que tudo. Sofreram em suas mãos como brinquedos. Existiam para satisfazer os seus desejos. Relata Warcrow que a menina sempre levava consigo uma mulher acorrentada pelo pescoço, para qualquer lugar que fosse. Era como um cão de guarda que devia latir, abanar o rabo e lamber a dona quando ordenasse. Os cabelos da escrava sempre estavam bem penteados. Mariven fazia questão de escová-los e alertava para que estivessem limpos, assim como as roupas, iguais às das bonecas. Missão impossível. A mulher para se alimentar utilizava as próprias mãos. Kathu não permitia que os escravos usassem garfos ou facas, somente colheres, pois sabia o perigo iminente que representavam para a família. Para o soberano, os dominados eram como criaturas ferozes, deviam ser tratados com o chicote para evitar a selvageria e a indolência. Umas chibatadas, em geral, funcionavam. Quando isso não bastava, costumava utilizar magia negra para torturá-los. Todos sabiam que ele sentia prazer em ver o sofrimento, em escutar os gritos... Warcrow não deixou de emitir sua opinião sobre Kathu e a sua família, chamando-os de degenerados e escória da humanidade. Não por acaso, o fim do historiador foi em um calabouço. Por sorte, seus escritos permaneceram preservados, sendo escondidos em uma cripta por um de seus mais fervorosos alunos.

Quanto a Mariven, não raramente, quando a escrava sujava o vestido ou os belos cabelos penteados, a garota a castigava. Apanhar era a menor das punições, se comparadas às mutilações. Podiam-se ouvir os soluços, os gemidos ecoando pelos corredores do castelo. Nenhuma de suas bonecas durava mais de doze meses ao seu lado. Aos 15 anos, conforme Warcrow, Mariven cansou de brincar com elas. E partiu para novos entretenimentos. Começou a se interessar por garotos. Queria casar com um belo príncipe.

Desde a infância, Mariven se contentava com coisas supérfluas, como, por exemplo, a aparência das pessoas. Avaliava se eram ou não bonitas de acordo com o padrão de beleza que estabelecera. Os punhos de ferro do pai sobre a região já se mostravam bem eficazes durante sua adolescência. A notícia de que o feiticeiro era um necromante se espalhara por quase todo o continente. Havia aqueles que o odiavam, aqueles que desejavam sua morte, aqueles que conservavam distância, isolando-se como forma de proteção, e os mais ousados, que percebiam uma oportunidade de aliança.

Logo se espalhou o boato de que Mariven escolheria um pretendente. Kathu enviou mensagem até mesmo para os inimigos, oferecendo paz ao reino que concedesse um príncipe para casar com a sua querida filha.

Três candidatos se encorajaram e viajaram até as terras do norte, região repleta de histórias de horror, criaturas sanguinárias e fantasmagóricas. Todos adentraram o território sombrio com suas comitivas, encabeçadas por guardas de elite, arqueiros de primeira linha, servos, damas de honra, carruagens puxadas por cavalos e presentes que seriam oferecidos pela mão da cruel Mariven.

As comitivas se instalaram diante do castelo de Kathu, em um campo estéril e pantanoso. Ao fundo, viam um grupamento de montanhas; a leste e a oeste, densas florestas; e ao sul, o território de onde tinham vindo. Depois de esperar por dois dias naquele cenário inóspito, os visitantes foram autorizados a entrar no castelo. Somente os príncipes, seus conselheiros, alguns soldados de elite e os servos carregando baús atravessaram a ponte levadiça.

Os três grupos entraram na sala do trono de Kathu anunciados por um homem de aspecto cadavérico, magro e pálido. O conselheiro apresentou as comitivas, solicitando que os príncipes pretendentes dessem um passo à frente, para que Mariven pudesse admirá-los. De acordo com Warcrow:

Kathu vestia um manto negro costurado com fios de prata, uma coroa de ouro em forma de serpente ornava sua cabeça. Os cabelos negros e lisos caíam-lhe sobre os ombros. O trono em que sentava era incrustado de crânios e ossos, para mostrar sua íntima relação com a morte. Do seu lado esquerdo sentava-se sua mulher, altiva e de beleza ímpar. Ela o observava, sem chance alguma de opinar. Somente o marido tomava as decisões. À sua direita, outro assento, bem menos imponente, no qual tomava lugar Dumlocke, seu filho mais novo. À esquerda de sua esposa, sentava-se Mariven, em uma cadeira mais modesta do que a dos outros.

Atrás da família de degenerados, havia guardas vestidos com armaduras completas e empunhando alabardas. Ao longo do tapete vermelho que fora colocado para os convidados, viam-se mais guerreiros com suas espadas nas bainhas e alguns nobres de aparência pouco saudável. Em um andar superior, como um anel rodeando a sala circular do trono, avistavam-se arqueiros.

Mariven não era feia. Vestia-se bem, cuidava da aparência, sua boca carnuda e o corpo de curvas generosas geravam desejo. No entanto, os olhos castanhos, de alguma maneira, não inspiravam confiança. Era como se revelassem sua verdadeira natureza, sua alma fria e calculista.

A filha de Kathu se levantou da cadeira e desceu de forma elegante, sem pressa, os degraus que levavam do púlpito real ao nível mais baixo da sala, onde se encontravam seus pretendentes. Parou a uns dois metros deles. Trajava um vestido negro, quase transparente, com um corte ao longo da coxa esquerda. Ainda não atingira a idade adulta, mas atraía a atenção dos desavisados.

— Um de vocês será meu esposo. Pergunto-me qual é o mais capaz — disse Mariven, observando as peculiaridades dos candidatos. — O que cada um pode oferecer para ocupar espaço entre a nossa família? — a menina sabia como se impor, concluía Kathu, orgulhando-se dela.

Um dos homens deu um passo e estacou imediatamente, pois percebeu que cometera algum tipo de erro. Os arqueiros levantaram seus arcos, posicionando flechas contra ele. Os guardas da família colocaram as mãos sobre os punhos das espadas, e os alabardeiros atrás dos tronos se empertigaram.

— Relaxem! — ordenou Mariven. Os seus homens obedeceram.

— Você queria dizer alguma coisa, belo príncipe?

O sujeito ajoelhou diante dela. Dos três reinos ali reunidos, ele era o representante da monarquia mais fraca. Havia sido enviado pelo pai mesmo sem concordar. Deixara para trás a menina que um dia ambicionava desposar.

— Venho em paz, majestosa Mariven. Tenho pouco a oferecer — imaginou que se livraria do compromisso facilmente se desmerecesse a si próprio. — Sou ainda um garoto, o terceiro filho de meu pai. Não tenho direito ao trono. Não conheço táticas de guerra. Você merece muito mais do que posso barganhar com meus adversários. Sei que não me escolherá para ser seu marido. Sendo assim, ofereço minha amizade e acesso livre ao porto que estamos construindo em nossa capital. Isso, é claro, caso nos poupe da ira de seu pai. Asseguro-lhe que sou fiel e cumpro com minha palavra — o jovem pegou do próprio manto uma pequena caixa e abriu-a, mostrando uma joia de pouco valor. — Para provar minha boa-fé, eu a presenteio com um anel que é muito significativo para mim. Foi da minha querida mãe, enquanto estava viva.

O primeiro pretendente foi interrompido pelo segundo.

— Bela Mariven, você devia punir esse insolente. Ele ofende todos nós apresentando-lhe uma proposta desse tipo. Eu lhe trouxe riquezas incalculáveis! Tragam a arca — ordenou o homem aos seus servos.

Quatro homens carregaram um baú e o colocaram aos pés da mulher cortejada. Depois o abriram, revelando safiras, rubis, jades, diamantes, esmeraldas, opalas, todas as pedras esculpidas por mestres-artesãos. A quantidade de joias em seu interior financiaria um exército. Mariven sorriu, como se já tivesse escolhido o seu esposo.

O terceiro tratou de revelar sua proposta antes que não tivesse nenhuma chance.

— Meu pai governa o reino com a maior quantidade de escravos de Lhu. Eles serão todos seus, formosa Mariven — o homem de meia-idade não atraía nem um pouco a libido da garota.

Mariven olhou para Kathu e disse:

— Já está decidido, meu pai — ela se aproximou do mais jovem dos pretendentes e o ajudou a levantar. Pegou a joia sem valor de mercado e a colocou no dedo anular.

O feiticeiro levantou a mão e a desceu. Ao seu sinal, um homem assoprou duas vezes um grande chifre de mamute que estava aparado por um objeto de ferro ao lado de uma das janelas.

Na sala do trono, voaram flechas sobre os príncipes desprezados por Mariven. Espadas furaram e alabardas deceparam os seus acompanhantes. Foram assassinados diante do olhar horrorizado da pequena comitiva do escolhido, que se limitou a observar a matança. Os nobres seguidores de Kathu aplaudiram o feito. Minutos depois, os escravos já estavam limpando o banho de sangue promovido pelo feiticeiro e sua filha.

Lá fora, após o sinal sonoro, agitaram-se os guerreiros que esperavam por seus príncipes. Não era ainda metade daquele dia. O

O ESCRIBA DE LHU-KATHU

sol estava tímido. Escondia-se atrás de cinzentas nuvens. Kathu se aproximou de uma das janelas e invocou seu sortilégio mais forte e mortal. Vociferou em nome de antigos deuses alienígenas uma língua profana e indecifrável para quem não era iniciado. A força vital do necromante foi sugada como se envelhecesse dez anos em alguns segundos. Mas se manteve firme, sem esmorecer, pois ainda conhecia outros rituais que poderiam revitalizar sua força e sua juventude em dias vindouros. Os soldados das comitivas que aguardavam lá fora não puderam ver os olhos que se acenderam na borda da floresta que cercava o castelo. Em questão de minutos, uma legião de mortos-vivos se derramou pelos dois lados do campo. Enquanto isso, outras criaturas semimortas se erguiam do pântano pegando de surpresa aqueles que estavam mais próximos.

Os cadáveres e esqueletos ambulantes empunhavam armas toscas, como clavas com pregos na ponta, espadas enferrujadas, martelos, machados e facões. Não vestiam armaduras. Ao menos nesse quesito tornavam-se alvos mais fáceis. Mas derrubá-los não era de todo fácil, pois aguentavam os golpes que um ser humano vivo não suportaria.

Segundo Warcrow, o número de abominações logo suplantou o de soldados que gemiam agonizantes diante do castelo. Não foram poupados nem mesmo os representantes do príncipe escolhido. Os mortos-vivos, depois de receberem a ordem, não sabiam diferenciar entre aliados e inimigos. O confronto durou horas e ficou marcado como um verdadeiro festim de sangue. Para os povos traídos, aquela matança seria difícil de ser esquecida e revelava toda a desonra e a desumanidade daquela família abjeta. As criaturas devoraram durante dias os corpos dos vencidos. Abutres e corvos se acumularam diante do castelo, disseminando doenças contagiosas entre a própria população local de camponeses e até mesmo entre alguns nobres.

Sempre que releio essa história, fico pensando se agora mesmo não estamos sendo vigiados das profundezas da terra pelo espírito maligno de Kathu. É melhor levantar um pouco e mexer estas pernas doloridas pelo tempo. Antes da próxima leitura, sirvo-me de um chá quente para relaxar enquanto olho para o horizonte e vislumbro a nossa magnífica Cidade das Sombras.

1. O jogador de dados

Eadgar[1] tinha viajado, desde o templo do feiticeiro, cerca de sessenta quilômetros. Começava a anoitecer. Já havia exigido muito do seu companheiro de quatro patas e, por mais que tivesse pressa, era melhor estar descansado, com as energias repostas. Precisava parar antes de chegar ao seu destino. Viu próximo à estrada uma casa. Se pudesse pernoitar por lá, seria melhor do que o orvalho da madrugada.

Aproximou-se do casebre. Enxergou uma pilha de lenhas do lado de fora e fumaça saindo da lareira. Apeou do cavalo e bateu à porta. Um homem abriu. Eadgar pôde sentir o bafo de álcool do sujeito.

— Quem és tu? — o homem viu diante de si um rapaz de rosto retangular, protegido por uma barba espessa e sobrancelhas grossas. O cabelo negro chegava até a altura dos ombros.

— Um viajante procurando abrigo e comida.

O dono da casa cultivava uma barba rala e um cabelo comprido desgrenhado. Uma trança solitária perdida naquele emaranhado de fios parecia querer se destacar.

— Tu gostas de jogar dados?

— Quando tenho tempo...

— Tempo não será problema. Podemos jogar toda a noite — o homem olha para dentro da casa e berra. —Mulher, prepara logo a refeição. Temos visita!

O anfitrião sai da casa e fecha a porta.

— Vamos deixar o teu cavalo junto dos outros animais nos fundos da casa. Tens moedas para apostar?

Eadgar coloca a mão em uma bolsa que carrega na cintura e dá uma moeda de prata para o homem.

— Esta é pela estadia e pela refeição.

O homem morde a moeda e a coloca num dos bolsos da calça. Depois de acomodarem o cavalo em um estábulo, fazendo companhia para uma vaca, algumas galinhas e um porco, os dois retornam para a casa.

A lareira está acesa, dois rapazes se aquecem junto ao fogo. Bebem chá quente. A mulher cumprimenta Eadgar, mostra-lhe um local para sentar à mesa e volta para junto do forno.

— Minha mulher não é de falar muito e meus filhos são obedientes. Fazem o que eu mandar. Não sou um homem de sorte? — O homem sorri, mas Eadgar não responde à pergunta.

O anfitrião se senta e serve um copo de cerveja para Eadgar. Cinco dados de marfim já estão sobre a mesa.

— Que regras tu conheces?

— Podes me ensinar as tuas regras.

— Sabes jogar o Imperador?

— Sei.

— Então podes iniciar. Tu és meu convidado. Mas não te esqueças de apostar uma moeda.

DUDA FALCÃO

Eadgar coloca uma moeda de cobre sobre a mesa e pega os dados.

— O que te trazes a uma terra tão sem graça como esta, forasteiro?

— Estou apenas de passagem.

O guerreiro hoplita joga os dados, e três deles saem com a mesma face de seis pontos. Os outros dois, com faces de pontos diferentes entre si.

— Tu és daqueles que falam pouco, posso perceber. Mas jogas bem. Ainda tens mais duas jogadas e podes fazer o ponto mais alto.

Eadgar separa os dados de seis pontos e sacode os outros dois em sua mão direita. Em seguida os lança. Os filhos do anfitrião, que não pareciam interessados, acompanham a jogada. Os dados rolam sobre a madeira irregular da mesa e param com as faces de seis pontos para cima.

— O rei de seis! Logo na primeira rodada. Tu és muito sortudo.

O anfitrião bebe todo o conteúdo do seu copo e se serve de mais cerveja. Na sua jogada, faz a pontuação mais baixa. Sem chances de vencer a primeira rodada contra Eadgar, sugere que continuem fazendo novas apostas.

Fazia tempo que Eadgar não relaxava. Chegou a se divertir. Sua tristeza era intensa e perdurava desde que perdera Lenora. A mulher interrompeu o jogo para servir a refeição. Depois de se alimentar, Eadgar pretendia descansar. Mas o sujeito ainda queria a desforra; não tinha vencido nenhuma partida e, para piorar, havia perdido algumas moedas. Entre uma bebida e outra, a conversa continuou:

EADGAR E A ERVA DO PESADELO

— Daqui tu vais para onde?

— Meu próximo destino é o pântano — a bebida havia soltado um pouco a língua de Eadgar.

— Tu és louco, jogador! Naquele lugar apenas a morte o aguarda. Tu te transformarás em refeição de alguma criatura peculiar ou vais acabar no caldeirão de uma bruxa.

— Com razão, são coisas para temer. Mas não tenho alternativa. Preciso ir até lá.

— O que há de tão importante para ti em um lugar como aquele?

— Uma planta. Tenho de encontrá-la para alguém.

— Tu falas de uma planta medicinal?

— Creio que sim. Mas não tenho certeza. É uma planta rara. Uma erva negra.

O homem fica calado.

— O que foi? Eu disse alguma coisa errada? — perguntou Eadgar.

O anfitrião se aproxima um pouco do hoplita e sussurra para ele:

— Tu tens sorte de estares falando comigo em minha casa e não na companhia de outra pessoa do vilarejo. Planta desse tipo, aqui em nossa comunidade, conhecemos apenas uma. Só pode ser a erva do pesadelo. Planta de feiticeiros e bruxas, que a utilizam para fazer o mal. Tu não encontrarás nada de curativo nela. É melhor que não comentes esse assunto com outras pessoas. Podem querer te interrogar. Pensar que tu és um feiticeiro.

O sujeito passa as mãos nos dados e os guarda no bolso.

— Ainda não terminamos...

DUDA FALCÃO

— É hora de dormir... Os garotos e minha mulher já foram para a cama. Deixemos para acabar esta rodada amanhã, quando tu acordares. Tu ficas aqui embaixo, ao lado da lareira. Podes te cobrir com aquelas peles que estão amontoadas naquele canto.

— Mas tu estavas ganhando.

— Estou pregado. Preciso descansar.

Eadgar compreendeu o sujeito. Talvez tenha ficado com medo. Talvez tenha achado que estava diante de um feiticeiro. Feiticeiros sempre causavam espanto, receio e desconfiança nas pessoas, mesmo nos mais bravos guerreiros, que dirá em um simples aldeão.

Eadgar vê o homem subir as escadas indo se juntar ao restante da família. Exausto, o guerreiro hoplita deita, lembrando-se da beleza de sua amada Lenora.

2. Os agressores

Eadgar escutou um barulho que o fez despertar. Era como uma sola de sandália se arrastando sorrateiramente sobre um piso de madeira. Abriu as pálpebras apenas o suficiente para enxergar a silhueta de três vultos. Não pôde distinguir quem eram, mas percebeu que se aproximavam de forma cautelosa, como se estivessem se aprontando para pular em cima dele. Viu que dois deles carregavam porretes, e o outro, algo que podia ser uma corda. Mas não teve certeza. O que não teve dúvida era de que vinham com a intenção de pegá-lo.

Um deles manejou o porrete na direção da cabeça de Eadgar, que desviou do golpe. O hoplita, no escuro, não viu a reação de surpresa do agressor. Apenas escutou um xingamento pelo azar de não acertar a vítima.

Eadgar levantou o mais rápido que pôde, mas mesmo assim não conseguiu evitar uma pancada que pegou de raspão em seu ombro esquerdo vinda do outro atacante. Eadgar estava sem armas, havia deixado sua espada no estábulo junto com o cavalo. Mas não era a primeira vez que se metia em uma briga em que precisava utilizar somente as mãos ou outros recursos que tivesse por perto. Sem reclamar da pancada, conseguiu pegar uma cadeira que estava junto da mesa e com ela acertou o homem mais próximo. A cadeira se espatifou entre o peito e o rosto de um dos homens que empunhavam porretes. O indivíduo gemeu de dor, indo parar estatelado no chão.

O homem com a corda conseguiu laçar Eadgar pelo pescoço. O hoplita sentiu o ar escapar de seus pulmões enquanto começava a ser enforcado. Com a mão direita, tentava segurar a corda para afrouxar a pressão. Com a esquerda, tentava afastar o seu captor, apertando o pescoço dele e empurrando o queixo.

Eadgar sentiu uma pancada nas costelas, não viu o que o atingiu, mas só podia ser o porrete de um dos agressores que ainda estava em pé. A luta se desenrolava quase na escuridão completa e sem conversa. Podia-se ouvir apenas a respiração ofegante dos envolvidos e os barulhos produzidos pelo embate.

Sentindo suas forças desvanecerem, Eadgar lembrou que sobre a mesa havia um vaso. Tateou à procura do objeto e, quando o encontrou, levou-o com rapidez e força até a nuca do homem que apertava a corda. Ouviu-se o estilhaçar da cerâmica e o gemido do captor. O ar voltou a circular normalmente nos pulmões do hoplita. No entanto, não teve tempo de se refazer, pois levou outra pancada, dessa vez no rosto. Por sorte, seu inimigo o acertara apenas de raspão. A escuridão o protegera. Mesmo assim, quase tombou com o golpe — pôde sentir as pernas ficarem bambas e o mundo girar. Eadgar conseguiu se apoiar na mesa e ficar de pé. Percebeu que seu agressor se preparava para a batida certeira. Então, jogou-se sobre ele. Os dois rolaram pelo chão. Quando Eadgar conseguiu ficar por cima, acertou uma cabeçada no inimigo, colocando-o para dormir.

Dolorido e estafado, Eadgar se levantou, tendo a consciência de que aqueles três eram amadores na arte da briga.

— Sai daqui, feiticeiro. Tu vieste desgraçar nossa casa.

Eadgar olha na direção das escadas. Pelo perfil no escuro e a voz feminina que se pronunciara, percebeu que se tratava da mulher do anfitrião. Com um pouco mais de tempo para raciocinar, tornou-se óbvio para Eadgar que os seus agressores eram o próprio anfitrião e os dois filhos. Talvez quisessem entregá-lo para alguma autoridade. Era possível que acreditassem que ele fosse realmente um feiticeiro. E tudo porque tinha mencionado a erva do pesadelo.

Cada cidade costumava ter suas crenças. Umas cultuavam diversos deuses. Outras eram fanáticas a ponto de não permitir o culto de diversas divindades. E não eram incomuns aquelas comunidades que perseguiam bruxas e bruxos. Eadgar só não sabia se aqueles camponeses queriam capturá-lo por um punhado de moedas ou por convicção religiosa. Agora, isso não importava. Precisava sair dali antes que os três se recuperassem. Já podia escutar os gemidos deles evidenciando que estavam a ponto de se erguer.

EADGAR E A ERVA DO PESADELO

Eadgar saiu da cabana. Foi direto ao estábulo, pegou suas armas e arrumou suas coisas como conseguiu. Montou o cavalo e cavalgou para longe dali. Ainda pôde ver o anfitrião na soleira da porta, quando se afastava, amaldiçoando-o. Com sua espada em mãos, o hoplita poderia ter ensinado uma lição ao sujeito. Mas isso não faria nenhum deles melhor. Decidiu seguir o seu caminho, que ainda era longo.

3. O rei lagarto

Eadgar teve uma noite péssima. Antes de ser atacado pelo dono da cabana e seus filhos, devia ter dormido no máximo uma hora. E foi um sono em que não descansou profundamente. Suas costelas doíam, devido à pancada do porrete, mas pelo visto não tinha quebrado nenhum osso. Porém, em seu rosto o inchaço evidenciava uma pancada maior, que gerava certo desconforto.

O sol já tinha passado bastante do seu ápice no alto do céu. Cavalgara todo o dia sem sossegar. Em cima do lombo de seu corcel negro, entrou no território pantanoso que procurava. Foi dominando o cavalo para que trotasse sem pressa, enquanto observava o local que estavam adentrando. Eadgar, com dificuldade, colocou o elmo para se defender do que fosse necessário. Já empunhava o escudo para se proteger e, na mão direita, levava uma lança longa. Na cintura, sua *xiphos* enferrujada e desgastada indicava que precisava de uma espada nova. O seu peitoral de couro e grevas de metal também ajudariam na defesa.

A água parada e pouco profunda chegava até os tornozelos de seu cavalo. Podia ver alguns trechos em que a terra não estava mergulhada. Nesses trechos, destacavam-se grama alta e, em alguns pontos, terra firme, mas lodosa. Salgueiros dominavam a floresta por todos os lados. O guerreiro hoplita não sabia exatamente por onde começar a procura. Tinha noção apenas de que deveria seguir o sol poente e entrar no coração do pântano. Portanto, acompanhou Apolo.

Eadgar enxergou um leve tremor na água do pântano. Em seguida, mais um, e depois, outro. Uma ave piou ao longe. Quando o guerreiro olhou para a sua direita, diversos pássaros de pequeno porte levantaram voo dos galhos das árvores. O guerreiro puxou a crina do cavalo, que logo estacou, parando seu trote.

O hoplita permaneceu paralisado durante alguns segundos quando viu a criatura abrindo caminho por entre as árvores, que se quebravam como gravetos enquanto passava. O animal ecoou uma espécie de rugido de sua garganta. Mais aves despertaram de seus ninhos e galhos, voando para longe dali, enquanto o cavalo empinou, desequilibrando Eadgar, que, estupefato, observava a criatura.

O guerreiro ficou impressionado com a quantidade de dentes afiados que o carnívoro possuía. Em torno de sessenta pelo que pôde estimar. Seriam como adagas de vinte centímetros penetrando na vítima abocanhada. Tentou calcular sua altura. Talvez tivesse sete metros. A cabeça, uma coisa desproporcional em relação ao corpo. O pescoço era grosso para sustentá-la. Olhos pequeninos e vorazes, cheios de fome em seu interior. Longas pernas, patas grandes e fortes, de três dedos, para aguentar o peso daquele corpanzil. Os braços atrofiados apresentavam mãos

EADGAR E A ERVA DO PESADELO

diminutas e com dois dedos. Definitivamente, não capturava sua caça com aquelas mãos, mas sim com a mandíbula recheada de dentes e em forma de U. Uma longa cauda balançava, enquanto encarava Eadgar, como se fizesse aquele movimento para equilibrar a estrutura gigantesca. Os olhos faiscando pareciam decidir qual a próxima ação. Eadgar já tinha visto lagartos rastejantes de porte médio, mas aquele vinha das histórias antigas, de lendas imemoriais. Quase caminhava ereto, como nenhum outro. A pele de aspecto duro e ressequido tinha cores vibrantes, que não camuflavam o animal em seu ambiente. Com todos os benefícios que os antigos deuses haviam lhe oferecido durante a criação, talvez essa fosse a sua única desvantagem.

Antes que o cavalo pousasse novamente as patas dianteiras nas águas rasas do pântano, Eadgar escorregou de seu lombo. Caiu entre o solo embarrado e capins altos, que amorteceram um pouco a queda. Ainda se recobrando do susto, viu o cavalo disparar na direção contrária do grande lagarto, que com passos largos veio em sua direção.

Sem tempo para esboçar qualquer tipo de fuga, o hoplita agarrou a lança com firmeza na mão direita e protegeu parte do corpo com o escudo. Nem mesmo teve tempo de levantar. Esperou pela provável morte ainda no chão.

Eadgar sentiu o bafo pútrido da fera, da carniça que devia estar em seu estômago. Mantendo firme a lança, direcionou a arma para o olho odioso dela. O próprio peso da criatura vindo em sua direção fez com que a lança deslizasse, perfurando o olho e entrando fundo na carne. Em desespero, o grande lagarto urrou balançando a enorme cabeça, que acertou o escudo de Eadgar, fazendo-o rolar para o lado. A lança quebrou, mantendo a ponta ainda cravada no alvo.

A criatura, meio desorientada, perdeu o interesse na presa. Sem saber qual direção tomar, quase correu por cima de Eadgar, que ainda permanecia junto ao chão. Naquele combate rápido, o hoplita se lembraria de ter visto por último a cauda do animal acertando-lhe uma pancada.

4. A bruxa do pântano

O hoplita, em um lugar abafado e escuro, procurava por Lenora. Escutou gritos de sofrimento vindos de todos os lados. Quando menos esperava, viu o rosto de sua amada. Correu até ela, mas sem conseguir alcançá-la. Quanto mais corria, parecia se afastar. Antes que pudesse ter qualquer chance de se aproximar, foi agarrado por tentáculos que brotavam do chão cavernoso.

Eadgar despertou de sobressalto. Suando a cântaros, aos poucos foi se dando conta de que estava tendo um pesadelo. O ambiente em que se encontrava estava na penumbra. Deitado em uma cama, podia ver o teto de palha da cabana. O cheiro de incenso e de lenha queimando era forte.

— Já era hora, bravo guerreiro. Tu dormiste quase dois dias — disse uma velha que o observava. Ela vestia roupas puídas, seus cabelos compridos eram desgrenhados e o rosto ressequido emoldurava olhos bem vivazes.

— Quem és tu? Como vim parar aqui?

— Não lembras? Tu sobreviveste ao ataque do rei lagarto. Soberano destas terras.

Eadgar se lembrou do combate e da última pancada que sofrera. Tinha perdido a consciência. Podia sentir todo o corpo dolorido. Quando pensou nisso, percebeu que estava completamente nu debaixo dos cobertores.

— O que fizeste com as minhas coisas?

— Não precisas te preocupar com tuas roupas ou armas. Terás tudo de volta. Inclusive o teu cavalo. Depois que o rei se foi, o quadrúpede veio para ficar ao teu lado. Amarrei-te ao lombo dele e somente te arrastando pudemos te trazer até aqui.

Eadgar parecia um pouco descrente, ainda sem saber exatamente o que dizer. A velha continuou:

— Cuidei dos teus ferimentos com meus conhecimentos de cura. Tu sofreste algumas pancadas, mas estarás inteiro novamente em poucos dias.

— Não disponho de dias... Preciso partir agora mesmo, Lenora depende de mim — Eadgar começou a levantar, mas ainda sentia dor e desconforto no corpo.

— Tem paciência, guerreiro. Ainda é madrugada. Descansa um pouco mais para que possas partir de manhã com mais energia.

O hoplita tentou relaxar.

— Tu ainda não me disseste qual o teu nome.

— Os nomes não são mais importantes do que os títulos. Pelas redondezas, apenas me chamam de bruxa. Isso basta para dizer quem sou.

Eadgar pareceu preocupado com aquela informação.

— Fica tranquilo, pois se eu quisesse ferir-te, não precisaria ter cuidado de ti.

— E por que resolveste me ajudar?

— Pensei que tu demorarias mais para realizar essa pergunta. Como a fizeste, vamos logo ao assunto. Preciso de um favor.

— Não sei se eu poderia te ajudar.

— Podes sim. Um jovem como tu tem de sobra o que eu preciso.

— Diz. O que é?

— Teu leite.

— O quê? Estás louca?

— Cuidei de ti. Se tu tivesses ficado no pântano, já estarias morto. O que é uma porção de sêmen para alguém no auge físico? Nada. Nada! — a bruxa tinha alterado o tom de voz. O rosto parecia mais ameaçador do que antes.

Eadgar percebeu que a bruxa não estava disposta a escutar um não. Como o hoplita precisava encontrar a erva do pesadelo, poderia negociar. Se a velha tivesse um punhado da erva, faria o que ela estava solicitando. Do contrário, teria de enfrentá-la.

— O que tu pedes é horrível. Mas há algo de que preciso...

— Fala. Podemos nos ajudar.

— Tu tens como conseguir para mim a erva do pesadelo?

A bruxa sorriu, revelando os poucos dentes cariados.

— Podes carregar o que conseguir. Minha cabana fica no meio de uma plantação — a velha foi até uma janela e a abriu. — Vês? Eu mesma as cultivo — ela apontou para as trepadeiras que cercavam a cabana e envolviam as árvores.

Ela fechou a janela, para que o frio ficasse lá fora. Pegou uma adaga de cima de uma mesa. Eadgar fez menção de se levantar, mas antes disso ela cortou a própria palma da mão. Fez uma careta de dor. Largou a adaga no mesmo local e depois, de uma prateleira, pegou um pote de vidro. Dentro deste havia uma raiz.

A bruxa deixou o sangue escorrer para o recipiente. Eadgar apenas acompanhava com curiosidade a cena estranha. Em seguida, ela se sentou na cama ao lado dele. Sem dizer nada, tocou no sexo de Eadgar, que empurrou a mão encarquilhada.

— Não me toca. Sou de Lenora apenas.

— Faz sozinho, então. Derrama o leite aqui. Dentro do vidro.

— Por que precisas disso, bruxa? — Eadgar agora mostrava desprezo em sua voz.

— Se um dia estudares as artes arcanas, tu saberás. Cumpre o acordo para que possas manter nossa amizade — os olhos da bruxa faiscavam.

Antes mesmo de o sol nascer, Eadgar deixou a cabana. Tinha coletado uma bolsa recheada de erva do pesadelo para entregar ao feiticeiro. Recuperara todos os seus pertences, e o cavalo parecia em perfeitas condições. Moralmente estava se sentindo abalado, mas por Lenora precisava seguir adiante.

5. O feiticeiro

Diante do feiticeiro, Eadgar se sentou sobre os calcanhares. O templo estava na penumbra, pouco iluminado por algumas tochas dispostas nas paredes de pedra. O feiticeiro descansava sobre um trono de ossos e crânios humanos. Seu manto escuro combinava com o tom dos seus cabelos compridos e da barba de longo cavanhaque.

    Em um palanque de pedra, que se elevava alguns degraus acima do chão, ficava o assento cerimonial do sujeito sinistro. Eadgar mantinha a cabeça baixa, sem olhar nos olhos do homem. Nas mãos, segurava um saco de couro. Deixara suas armas do lado de fora do templo.

    — Trouxe o que pediste.

    Eadgar estendeu as mãos, elevando a bolsa de couro abarrotada. Seus olhos ainda não encaram o feiticeiro.

    — A erva negra está aí?

    — Podes conferir.

    — Não será necessário. Confio em ti. Deixa a bolsa em um dos degraus. Guardaste um punhado para ti, como eu orientei?

    — Guardei — Eadgar obedece ao feiticeiro, colocando a bolsa no degrau.

    — Conta-me como foi para obter a erva do pesadelo.

    — Nada fácil. Mas por Lenora, em nenhum momento hesitei — naquele momento, Eadgar olhou na direção do feiticeiro, demonstrando menos receio de encará-lo.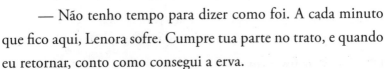

    — Não tenho tempo para dizer como foi. A cada minuto que fico aqui, Lenora sofre. Cumpre tua parte no trato, e quando eu retornar, conto como consegui a erva.

    O feiticeiro esboçou um sorriso de sarcasmo.

    — Tu tens coragem, hoplita. Conta-me em outra oportunidade, então. Isso se voltares com vida.

    — Nosso tempo de conversa acabou.

    — Não sejas tão ousado. Isso sou eu quem decide.

Eadgar se manteve calado, seus músculos se retesaram. Imaginou que receberia algum castigo vindo do feiticeiro.

— Mas veja... Sou honrado e sei como cumprir com o combinado.

O feiticeiro pegou ao lado do trono de crânios uma espada em uma bainha de couro e a jogou para Eadgar, que a apanhou no ar. Em seguida, lançou também um pequeno pote de metal.

— És tua. As criaturas da noite sangrarão ao sentir esse fio quando banhado na loção pastosa com que acabo de te presentear.

Eadgar desembainhou a espada para observá-la. Era uma *xiphos*, uma espada curta, um pouco mais longa do que o usual.

— A lâmina é negra. Não conheço este metal — a espada vinha esculpida com símbolos rúnicos.

— Foi forjada com material proveniente da antiga Atlântida.

— Uma espada de feiticeiros, então.

— Feiticeiros não precisam delas. Somente os nossos campeões.

— Não estou aqui para servi-lo. Fizemos apenas uma barganha.

— Que seja como tu achares melhor chamar — Eadgar percebe o cinismo na voz do feiticeiro e prefere mudar de assunto.

— E o meu guia?

— Está lá fora.

— É também um guerreiro ou se trata de algum escriba conhecedor de mapas?

— Nem um nem outro. Será um companheiro de asas

negras. Basta segui-lo até encontrar as ruínas de um templo esquecido de Palas Atena.

Eadgar fecha o cinto que contém a bainha da espada em torno da cintura.

— Espero que concluas com êxito o resgate. Caso precises outras vezes do meu auxílio, vem me ver.

— Partirei com Lenora para um lugar sem guerra, sem deuses, nada além da paz. Portanto, não me verás novamente.

Eadgar começa a se retirar do templo enquanto escuta às suas costas a voz do feiticeiro.

— Cuidado, rapaz. Nada existe sem os deuses.

Eadgar deixou o templo, que se localizava em um local ermo, no alto de um morro. Seu cavalo negro estava pastando em um campo verde. Acoplados por cintas de couro, sobre o lombo do animal, encontravam-se o escudo, o elmo e a *xiphos* de lâmina desgastada do hoplita. O quadrúpede também carregava um cobertor enrolado e um pequeno alforje.

O guerreiro olhou para os lados à procura da ave que seria sua guia. Fitou o céu, nenhum sinal do pássaro. Pouco depois, escutou um crocitar. Um corvo vinha bem lá do alto, surgindo entre as nuvens. Desceu e pousou sobre a sela de lá do cavalo do hoplita.

Quando Eadgar se aproximou do cavalo, o corvo voou novamente e planou em círculos no céu, como se dissesse que o aguardava. Assim que Eadgar montou no cavalo, viu o corvo se deslocar em linha reta na direção de um descampado que ficava adiante. O hoplita bateu os calcanhares na barriga da sua montaria, que começou a correr em alta velocidade, acompanhando o voo do guia acima do campo.

Horas de galope se passaram até que a noite chegou. Eadgar apeou do cavalo e olhou ao redor. Nem sinal do corvo. Já fazia mais de meia hora que tinha perdido a criatura voadora de vista.

— Maldito guia! Sumiu de vez.

O hoplita acariciou a crina do cavalo.

— Espero que ele volte. Pois não sei mais como encontrá-lo. Se a ave não retornar, prometo que voltaremos para dar cabo daquele feiticeiro. Juro por Lenora!

Eadgar pegou a sua antiga *xiphos* de lâmina desgastada e cravou na grama.

— Não precisarei mais de ti. Com o fio que tens não podes machucar nem uma mosca. Agora sim, tenho uma espada de verdade e com ela não pouparei nenhum inimigo.

Eadgar descarregou o lombo do cavalo e, em seguida, estendeu o cobertor na grama úmida e se sentou sobre ele. Abriu o alforje e retirou do seu interior um pedaço de pão. Começou a comer, quando escutou o crocitar do corvo. Olhou para o entorno e viu o animal pousar perto dele. A ave se aproximou com pequenos pulos e, crocitando, abriu o bico.

— Tu voltaste. Já estava te amaldiçoando. Perdoa-me, bom rapaz.

Eadgar abre a mão, mostrando farelos de pão. O corvo se alimenta.

— Tu também precisavas de alimento e descanso, não é mesmo?

Depois da refeição, Eadgar se deita, colocando os braços atrás da cabeça. Enquanto contempla o céu estrelado, procura em suas lembranças pela adorável Lenora. Não vê a hora de resgatar sua amada das profundezas do Hades.

---

[1] *O personagem Eadgar surgiu na narrativa Eadgar e o Resgate de Lenora, publicada em parceria pelas editoras AVEC e Argonautas no livro Treze (2015). O presente conto é um prequel daquela história.*

O TREM DO INFERNO

1. Os vagões da primeira classe

Kane Blackmoon[2] mostrou sua passagem para um funcionário à porta do vagão. A expressão do homem não era de bons amigos. Após conferir o bilhete, liberou a sua entrada. O mestiço caminhou por um corredor estreito. Ao passar por uma mulher, acenou de maneira educada. Porém, seu gesto não foi retribuído. Não deu maior importância para o fato, pois estava habituado com a sua condição. A cor da pele acobreada, indígena, naquela terra dominada por conquistadores brancos, gerava olhares de desconfiança.

Depois do seu último trabalho — Kane costumava ser um bom caçador de recompensas —, sentia-se no direito de uma poltrona confortável. Podia pagar por um atendimento diferenciado, e na América, em geral, o dinheiro comprava quase tudo. Seu interesse era atravessar o continente, deslocando-se até a costa leste, mesmo tendo regiões do oeste que ainda não conhecia. Viajar tinha se tornado uma rotina para Kane. Fixar-se em um local, em uma cidade, durante muito tempo, não costumava ser sua praxe. Estava interessado em trafegar para o que chamavam de mundo civilizado, para conhecer algo diferente do oeste indômito.

Abriu a porta da cabine em que ficaria instalado durante algumas noites. Antes da ferrovia transcontinental, uma viagem com diligências podia durar mais ou menos quatro meses. Certamente, uma viagem desgastante. No entanto, Kane desfrutaria de algumas regalias. Disseram-lhe que havia um vagão com bar, restaurante e jogos para distração. Local frequentado por cidadãos de índole austera. Essa ele pagaria para ver, conhecera pouquíssimas pessoas durante sua vida capazes de sustentar essa qualidade rara. Lembrou que o bilheteiro informara da maciez do banco: de tão confortável, podia se converter em cama. Considerou que faria uma travessia tranquila e diferente do que estava acostumado.

Um homem trajando roupas elegantes e com o bigode bem aparado ocupava a cabine em que Kane estava entrando. O desconhecido falou:

— Não quero nada agora, camareiro. Não se esqueça de fechar a porta quando sair.

O sujeito arrogante estava sentado em um dos dois bancos vermelhos, compridos e de veludo que ficavam frente a frente.

— Desculpe, cavalheiro, mas não sou nenhum atendente. Tenho um lugar reservado aqui!

O homem lhe lançou um olhar de desprezo e virou o rosto para a janela. O movimento na estação era intenso. Kane acomodou uma maleta estreita e comprida embaixo do banco oposto ao do companheiro de viagem. Sentou-se diante do sujeito e depositou uma sacola de couro com seus pertences entre os próprios tornozelos.

DUDA FALCÃO

Mesmo vestindo boas roupas, Blackmoon sentia o preconceito no olhar dos brancos. Seu terno era composto por um paletó e calças, sem riscas, negros, da mesma fazenda, e o colete amarelo, de fino bordado. Preso por uma corrente dourada, no botão do colete, levava um relógio acomodado no bolso. Retirou a cartola, colocando-a sobre as pernas. Seus cabelos estavam compridos e dispostos em uma única trança.

Acabe logo com ele. Kane ouviu uma voz. Já conhecia aquele timbre grave e arranhado. De vez em quando, o demônio que habitava o seu corpo conseguia se manifestar. As manifestações não aconteciam com frequência. O mestiço conseguira domar o mal dentro de si, evitando que a criatura das trevas pudesse emitir opiniões ou tentasse manipular a sua vontade. Porém, às vezes, escutava a voz venenosa tentando controlar os seus desejos. Apenas a ignorou, silenciando-a.

Kane estava com sono. Chegou a pestanejar. Recém havia almoçado. O trem partiria da estação às catorze horas. Ainda faltavam alguns minutos quando o mestiço escutou a porta da cabine se abrir. Uma mulher e um homem idoso entraram.

— Bom dia, senhores! — o idoso cumprimentou seguido da mulher, que fez o mesmo. Kane e o sujeito sisudo retribuíram. — Podemos colocar nossas malas nas camas superiores?

— Fique à vontade, senhor. Parece que eu e meu amigo ficaremos com as de baixo — o sujeito apenas movimentou a cabeça em um gesto de consentimento e voltou a olhar para o movimento da estação.

Na cabine, os assentos eram utilizados como leitos. Mas havia também compartimentos superiores, que escondiam mais

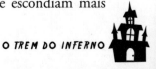

O TREM DO INFERNO

duas camas. O idoso abriu as tampas laterais acima dos bancos, revelando-as. Parecia conhecer bem o trem e estar acostumado com a viagem. Kane, percebendo a dificuldade do homem, que apoiava-se em uma bengala, decidiu ajudá-lo para levantar as malas. Logo que terminaram, a mulher agradeceu:

— Obrigado por nos ajudar. Meu pai já não tem mais a mesma força de antes.

— Não diga isso, minha filha. Ainda posso domar um garanhão se for necessário.

A mulher sorriu e Kane também.

— Posso sentar aqui? — o velho apontou para o espaço vazio ao lado do desconhecido, que se limitou a responder que sim, com expressão de poucos amigos. — Com sua licença — o velho se acomodou.

A mulher ocupou o lado de Kane. Ela tinha mais ou menos trinta anos. Seus cabelos volumosos e vermelhos estavam presos em um coque. As sardas salpicavam em seu rosto, a pele era branca como o leite, a boca, de lábios carnudos, encantava, a sobrancelha grossa e bem aparada delineava os olhos, que eram azuis-claros como o céu mais limpo. Vestia-se com um vestido azul-escuro, com ricas rendas, que evidenciava uma vida abastada. Adornando o pescoço esguio, via-se um colar de topázios. Combinando com a roupa, levava consigo uma sombrinha para se proteger do sol.

— Eu e meu pai já fizemos essa viagem antes — a mulher puxou assunto com Kane. — Vamos fazer compras.

— Você vai fazer compras, Lucy! — interferiu o idoso, sorrindo amigavelmente. — Eu vou fechar negócios com velhos amigos.

DUDA FALCÃO

— Meu senhor, não dê muita atenção para o meu pai. Ele gosta de implicar comigo — ela sorriu para o pai e para Kane.

— Permita que eu me apresente. Meu nome é Kane.

— Meu pai se chama Arthur, e eu, Lucy. Mas me diga... E quanto a você, posso chamá-lo de você, não é mesmo? — antes que Kane pudesse assentir, ela fez outra pergunta. — Você é comerciante como o meu pai? Está fazendo uma viagem de negócios?

— Não, não. Eu quero apenas conhecer as velhas cidades do leste. Quero ver com os meus próprios olhos a civilização.

— Você não acha que somos civilizados?

— Até onde sei, o oeste ainda é uma das regiões mais selvagens do mundo. Em Nova York, as pessoas desfrutam de facilidades que não temos por aqui. Lá as leis são cumpridas. Aqui ainda é terra de ninguém.

— Você tem razão, meu rapaz — disse o velho.

— Alguma razão, meu pai. Mas nem toda. A natureza aqui é muito mais farta e bela. As pessoas são mais simples.

Na cabine, a conversa foi interrompida quando tocou o apito do trem dando o último sinal de que já deviam partir.

— Ah, adoro viajar! É tão excitante — disse Lucy sorrindo.

As pessoas lá fora se despediam com acenos para aqueles que já estavam em seus vagões. O trem começou a se movimentar sobre os trilhos, deixando a estação. Lucy, Arthur e Kane continuaram conversando. O outro homem permanecia calado sem dar atenção para eles, limitando-se a observar o caminho. O deserto era amplo, e os cânions podiam ser vistos ao longe. O sol castigava a terra, e mesmo assim era possível enxergar vida animal habitando aquelas paragens. Aves levantavam voo quando o trem se aproximava:

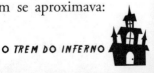

falcões e andorinhas. Para os mais observadores, às vezes, até mesmo mamíferos se deixavam revelar, como coelhos, gambás e cães-selvagens. A vegetação contemplava um mato ralo, e árvores baixas tinham poucas folhas nos galhos.

Horas se passaram naquela conversa agradável e repleta de amenidades até Kane pedir licença para ir ao bar do vagão. Lucy disse que mais tarde ela e o pai o encontrariam para o jantar. Ele falou que aguardaria a chegada deles. A noite já começava a descer seu manto sobre o dia, revelando as primeiras estrelas no céu.

2. Trapaceiros

Naquele trem, havia dois vagões especiais: o de jogos e o restaurante. O mestiço tinha interesse em apostar nas cartas. Passou pelo vagão do restaurante, que estava quase vazio não fosse pela presença de um homem e uma mulher, que jantavam. Observando mais atentamente, Kane percebeu que já conhecia o sujeito. Era um policial federal. Havia cruzado com ele quando recebera uma recompensa pela captura de um perigoso bandido. O sujeito viu o mestiço, mas desviou o olhar, ignorando-o. Kane pretendia cumprimentá-lo, mas diante da arrogância, preferiu não dar maior importância ao fato. Seguiu em frente, entrando no vagão seguinte. Quando abriu a porta, a fumaça dos cigarros e charutos quase fez com que tossisse.

No local, avistou duas mesas circulares que estavam cheias. Os jogadores pareciam concentrados. Já na única roleta, alguns sujeitos falando alto apostavam suas fichas. Havia um balcão com um *barman* servindo bebidas. Kane se sentou sobre um banco e pediu uma dose de *bourbon*. Acendeu um charuto, pois era melhor se engasgar com a produção da própria fumaça do que somente com a dos outros.

Olhou os jogadores de cartas em suas mesas. Em cada uma delas havia um crupiê. Numa delas, jogavam pôquer, e na outra, *blackjack*. Antes de entrar em qualquer uma delas, preferia observar os jogadores. O seu colega de vagão, William Walker, que ao longo da tarde resolvera se apresentar, jogava com o semblante despreocupado. Provavelmente tinha uma boa mão.

Kane ficou surpreso quando Walker perdeu. Parecia tão confiante. O homem tinha na mão um *full house* com três dez e duas damas. Não era de todo ruim. Mas para levantar as fichas, precisava de algo melhor. O seu adversário possuía um *straight flash* com sequência de espadas do sete ao valete. Quando Walker perdeu, manteve a compostura e se levantou da cadeira. O vencedor riu e disse que jogava desde criancinha. Os outros que já haviam sido derrotados também riram um pouco constrangidos. O companheiro de cabine de Kane se limitou a fitá-los sem dizer nada e deixou a mesa.

Antes que Walker fosse embora, o caçador de recompensas o convidou para tomar um drinque. Com cara de poucos amigos, o homem aceitou sem mostrar os dentes e solicitou uma dose de uísque para o garçom.

— Aceita um charuto? — Kane tirava um do bolso antes mesmo da resposta. O homem não recusou.

— Diga-me, o que faz um índio na primeira classe? — perguntou de maneira arrogante antes de acender o charuto com seus próprios fósforos.

— Você tem algo contra ou tem somente medo de índios?
— Kane, quase irritado para não perder o humor, contra-atacou com uma pergunta.

— Não tenho medo de nada e nem de ninguém — respondeu Walker, tomando de um só gole a dose da bebida, que desceu queimando a garganta.

Mentiroso. Deixa eu dar uma lição nele. Mais uma vez, a voz se manifestava no interior da alma de Kane, que preferiu continuar a ignorá-la.

— Seu blefe na mesa não foi nada eficaz — sentindo que aquela conversa não iria muito longe, talvez sendo inspirado pelo demônio aprisionado, Blackmoon o detonou com as palavras. — Eu diria que o jogo não é para você.

— Tenho outras habilidades — podia-se perceber que Walker tinha sangue quente, pelo tom que empregara na frase.

— De que tipo?

— Do tipo que fecha a boca de sujeitos abusados — Walker se levantou. Colocou uma nota sobre a mesa enquanto olhava atento pelas janelas para o deserto à noite. Deixou o vagão sem se despedir de Kane e fumando o charuto que ganhara de presente. Sob o semblante fechado e de aspecto desinteressado de William Walker, existia um poço de tensão. Blackmoon ainda não sabia o que deixara o homem com os nervos à flor da pele. Tinha a impressão de que não se tratava de ter perdido dinheiro no pôquer. O companheiro de vagão estava preocupado com alguma coisa desde que partiram da estação.

Kane pediu mais uma dose. Um lugar permanecia vago na mesa de jogo. Quando Blackmoon se preparava para

DUDA FALCÃO

assumir o espaço vazio, Lucy entrou no vagão e veio conversar com ele.

— Boa noite, Kane? Pensei que o encontraria jogando.

— Boa noite, Lucy. Antes de iniciar, é bom ver quem está na mesa. Vou entrar agora.

— Posso jogar também. Uma vez meu pai me ensinou as regras do pôquer.

— Se você não está acostumada, eu não aconselho. O jogo ali é sério. Aqueles sujeitos vão rapar sua bolsa. E, além do mais, não tem lugar pra dois.

— Tem sim. Olha lá — Lucy apontou para a mesa. — Um cavalheiro acaba de abandonar o jogo.

O mestiço não tinha intenção de ser professor de ninguém durante a partida. Principalmente de alguém que via o mundo de maneira romântica, como a senhorita Lucy. Teria de protegê-la daqueles urubus, isso se a deixassem participar do jogo.

— Boa noite, senhores! Gostaríamos de ocupar estes lugares — disse Kane.

— Um índio! — exclamou o sujeito que havia limpado os bolsos de William Walker.

— Não seja rude, meu senhor! — Lucy interviu, sorrindo e inclinando-se sobre a mesa. O longo decote mostrava parte de seus seios. — Meu irmão e eu queremos apenas nos divertir. Temos dinheiro para apostar.

Kane tentou esconder a surpresa quando Lucy o chamou de irmão. *É uma safada, não concorda? Aqueles seios poderiam estar em nossas mãos.* Fique quieto, Kane disse mentalmente, tentando inibir o demônio. Dessa vez, não conseguira evitar a provocação.

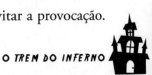

O TREM DO INFERNO

Você gostou da vagabunda, por isso, se não me deixar sair o quanto antes, quando eu tiver oportunidade, vou comer a alma dela bem devagar e na sua frente. Eu prometo! Kane precisava manter o sangue frio, decidiu não retrucar. Não devia alimentar a força de vontade do demônio com discussões.

O caçador de recompensas tentou imaginar por que Lucy o teria chamado de irmão. Qual a motivação dela para ter inventado uma mentira? Talvez o embuste fosse apenas para protegê-lo do preconceito. O mestiço ao lado de uma mulher branca, bonita e rica obtinha um pouco de tolerância naquele mundo.

— Neste trem, todos que podem pagar por suas apostas têm o direito de jogar — falou o crupiê.

— Até mesmo mulheres e índios? — perguntou o mesmo sujeito, com expressão indignada.

O crupiê apenas indicou os lugares para que os dois se sentassem.

— Irmãozinho, compre umas fichas para nós? — pediu Lucy, sorridente.

Kane, por um instante, não teve reação.

— Depois eu te pago — por baixo da mesa, Lucy deu um beliscão na perna de Kane, que, contrariado, levou a mão ao bolso, pegando alguns dólares.

Assim que o jogo começou, Lucy teceu ininterruptos comentários sobre a vida cotidiana. Os jogadores, em princípio, pareceram um pouco incomodados com a conversa — anteriormente, estavam muito concentrados, não davam nem um pio naquela mesa. No entanto, o encanto que Lucy proporcionava estava visível em seu corpo. Por isso, toleravam a mulher. Os sujeitos, principalmente um velho e rico fazendeiro, não paravam de olhar para os seios de Lucy, que quase se esparramavam do decote ousado.

    Kane comprou cartas muito ruins e desistiu de apostar logo na segunda rodada. Lucy aumentou a aposta. O mestiço achou que a mulher devia ter um bom jogo, mas quando as cartas foram reveladas, viu que eram péssimas. Não passavam de um par de seis de paus. O sorriso dela, mesmo na derrota, era encantador. Se não estava muito fácil tolerar suas histórias pueris, a beleza e o dinheiro deixado na mesa compensavam. Lucy afirmava que era uma grande jogadora, mas à medida que as rodadas foram passando, nenhum dos participantes acreditava em suas palavras, sendo que já começavam a aconselhar que deixasse o jogo. Kane ganhou uma partida apresentando um *flush*, uma sequência de cinco cartas do mesmo naipe. Porém, ainda não era o suficiente para recuperar o que já tinha gasto com as suas apostas e as apostas suicidas da nova amiga.

    Foi quando Kane viu Lucy puxar de um bolso escondido no vestido uma carta. Percebeu que mais ninguém enxergara a trapaça que se aproximava. Os homens haviam deslocado a atenção do jogo para a voz e a beleza de Lucy. O mestiço desistiu de apostar, mesmo tendo uma combinação muito boa. Lucy aumentou e dois dos participantes continuaram apostando. A mesa se encheu de fichas, até que os jogos de Lucy e do velho fazendeiro tiveram de ser revelados. Ele possuía uma quadra de reis, enquanto Lucy havia feito a melhor combinação possível: um *Royal Flush* de ouro. Ninguém tinha feito um daqueles durante toda a noite.

    Lucy sorriu de maneira amigável e, ao mesmo tempo, sensual. Praticamente colocou os seios sobre a mesa para puxar todas as fichas. Os homens aplaudiram, mesmo tendo perdido uma pequena fortuna.

— Cavalheiros, creio que está na hora de me despedir. Não é bom abusar da sorte. Estou cuidando do meu velho pai, que a esta altura já deve estar precisando de meu auxílio para conduzi-lo ao restaurante.

A mulher levantou, tendo olhos de apaixonados e de volúpia admirando o seu corpo.

— Venha, irmãozinho — ela chamou Kane, que ainda estava sentado e sem acreditar na ousadia da mulher.

O mestiço levantou e, antes que pudesse protestar, Lucy colocou o braço esquerdo entrelaçado ao seu braço direito. Trocaram as fichas com o crupiê e deixaram o vagão. Ao chegar ao restaurante, o pai de Lucy já estava sentado à mesa, bebendo um vinho. Quando os dois se aproximaram, ele disse:

— Vejo que estão se dando bem.

— Kane é um cavalheiro, papai.

Lucy sentou e puxou uma cadeira para Kane, que se sentou ao seu lado.

— Vai me contar como conseguiu uma carta igual à do baralho do crupiê? — Kane perguntou, sussurrando. — Foi muito arriscado o que você fez.

Arthur se aproximou um pouco dos dois e disse:

— Você deve ter percebido o método da minha filha, rapaz. Achei mesmo que você era um sujeito esperto e observador. Não a julgue. Eu consegui. Tenho meus próprios meios — o pai de Lucy falou cochichando.

DUDA FALCÃO

— Logo o crupiê vai perceber que tem uma carta igual no baralho — disse Kane sem elevar o tom.

— Não se preocupe, *Senhor Esquenta-Cuca*. Meu verdadeiro irmão é o crupiê. A esta altura, ele já abriu um baralho novo. Vamos dividir o dinheiro com você — Lucy abraçou Kane e o beijou no rosto. — Já é hora de agir naturalmente — a mulher deixou de cochichar a partir daquele instante e chamou o garçom em alto e bom tom, solicitando mais duas taças de vinho e outra garrafa. Ela sorria de satisfação por mais um golpe bem-sucedido.

Kane tentou relaxar. Imaginou que se já tinham saído da sala de jogos sem nenhum contratempo e os trapaceiros estavam tranquilos se divertindo, nada poderia dar errado. O trio continuou bebendo. O mestiço parecia se integrar fácil àquela dupla de trapaceiros. Tinha simpatizado com eles, principalmente com o olhar sedutor de Lucy. Quando tudo parecia bem, tiveram a impressão de escutar um trovão. Kane olhou pela janela, mas a noite clara, de lua cheia, não revelava nuvens, muito menos a chance de alguma tempestade próxima.

— Acho que foi um tiro — disse Arthur.

— Será? — perguntou Lucy um pouco apreensiva.

Escutou-se novamente outro ribombar, seguido de um grito. Vinha dos vagões de trás. As pessoas no restaurante se agitaram. Kane percebeu que o federal não estava mais jantando com a sua companhia:

— Algo estranho está acontecendo. Creio que estaríamos mais seguros em nossa cabine, caso tenhamos problemas.

— Não é melhor permanecer aqui? — perguntou Lucy segurando no braço de Kane enquanto levantava. — Se estiver

O TREM DO INFERNO

acontecendo alguma coisa, é melhor ficarmos juntos de outras pessoas do que sozinhos.

— Deixei minha arma na cabine — falou Kane.

— Se for um assalto, esqueça a valentia, rapaz. Entregaremos cada tostão para os bandidos — disse Arthur. — Prefiro continuar vivo.

— Já vi bandido desejar muito mais do que dinheiro, senhor — Kane olhou preocupado para Lucy.

A porta do vagão do restaurante foi aberta de supetão. William Walker apontava o cano de um *Colt* para o queixo de um homem magro e bem vestido. Atrás dele, mais dois sujeitos mal-encarados o acompanhavam com seus revólveres em punho.

3. Assalto

William Walker mostrava os dentes como uma fera. Estava nervoso, pronto para puxar o gatilho. Kane não sabia quem era o homem que Walker fazia de refém. Mas logo ficou sabendo pelo próprio bandido:

— Este é o filho do governador. Se alguém se mexer, meto bala nele e em vocês. Outros dos nossos parceiros estão espalhados pelo trem. Não estamos sozinhos. Ouviram bem?

Os passageiros não disseram uma palavra sequer, estavam como que congelados pela surpresa daquela invasão.

— Limpem os bolsos deles — falou Walker para os parceiros.

Os dois fora da lei que o acompanhavam se aproximaram das pessoas e ordenaram que deixassem seus dólares, joias e relógios nos sacos de estopa abertos que carregavam. Os assaltados

DUDA FALCÃO

faziam como o ordenado, deixando seus pertences. Lucy jogou dentro do saco apenas uma parte dos dólares que havia obtido no jogo. O bandido que a roubava percebeu que ela tentara ocultar o restante do dinheiro em um dos bolsos do vestido. O sujeito de olhar ameaçador, queixo quadrado e barba rala a cutucou com força no ombro com o cano de um revólver.

— Faça como o chefe mandou, moça. Coloque todo o seu dinheiro no saco se não quiser que eu o tome à força.

— Vá com calma! — Kane advertiu o bandido, mostrando que era capaz de reagir a qualquer momento.

— Você não sabe se comportar, não é mesmo, índio? — falou Walker com desprezo, dirigindo-se a Kane. — É hora de me respeitar.

William Walker apontou o revólver na direção de Kane e atirou. A bala veio rápida, atingindo-o na barriga. Todos os passageiros no vagão gritaram. O mestiço colocou as mãos sobre o ferimento e caiu curvado no chão, contorcendo-se de dor. Lucy, logo em seguida, se ajoelhou aos seus pés para confortá-lo. A mulher colocou uma das mãos sob a nuca dele e a outra sobre as mãos calejadas de Kane, que apertavam o ferimento. Blackmoon, antes de perder a consciência, ainda pôde ver o rosto de desespero da nova amiga e escutar Walker rindo:

— Que sirva de lição para todos...

4. O olhar do corvo

Kane abriu os olhos. Estava deitado em posição fetal. Percebeu que ainda se encontrava dentro do trem. Podia enxergar um pouco, mesmo naquela escuridão. Uma luz avermelhada entrava pelas janelas abertas. Para se levantar, apoiou as mãos nas tábuas do chão repletas de poeira. Sentiu uma fisgada na barriga antes de se colocar de pé. Via um pouco de sangue escorrendo por um buraco em sua roupa, bem abaixo do peito. Não havia ninguém no vagão do restaurante. Podia escutar o barulho da locomotiva. No mais, tudo era silencioso. Não havia sinal das outras pessoas. Nas mesas, enxergava toalhas velhas e encardidas, cadeiras com os estofados rasgados, o balcão das bebidas com garrafas escurecidas pelo pó.

Aproximando-se de uma das janelas, percebeu que as paredes não eram de tábuas alinhadas. Tentou manter a frieza ao ver o que sua mente não queria admitir. No lugar da madeira havia carne, músculos e veias palpitantes, como se o trem fosse algo vivo. Talvez fosse um pesadelo apenas. Mas parecia muito real. Podia sentir o cheiro podre daquela matéria orgânica. Quando verificou pela janela o caminho que percorria, o seu coração acelerou ainda mais. Por si só, o deserto sempre fora uma paisagem angustiante, mas como o enxergava agora era desconcertante. A terra continuava seca, mas em alguns pontos existiam pequenas crateras que exalavam fumaça. Além delas, destacavam-se algumas árvores secas e de médio porte espalhadas pelo terreno inóspito. Nelas, podiam-se avistar corpos humanos nus amarrados com cipós espinhosos. Urubus de aspecto sem igual, fornidos com bicos afiados, dilaceravam sem pressa os indefesos torturados. Aguçando a audição, Kane ouvia gemidos misturados com o vento e o som das rodas do veículo de metal desbravando os trilhos. O controle emocional de Kane ficara abalado. Fora tomado por uma vertigem que quase o derrubou. Apoiou-se sobre uma mesa e se afastou da janela.

Sem saber exatamente o que devia fazer para fugir daquele lugar, abandonou o vagão do restaurante e seguiu para a cabine onde deixara seus pertences. Abriu a porta feita daquele material de sangue e carne. Podia sentir o visco pegajoso nas mãos. A cabine estava vazia. Kane se lembrou dos companheiros de viagem: Lucy, Arthur e o outro. Nem sinal deles. Embaixo do banco, deixara sua maleta. Abriu-a. O *Winchester* continuava lá dentro. Mas seu aspecto era de deterioração. O receptor de latão do *Yellow Boy* tinha perdido o brilho. A madeira do cabo parecia ter envelhecido muitos anos, e o que havia de metal enferrujara. Havia comprado fazia pouco tempo aquele rifle. Desde que se envolvera com o sobrenatural, trazia consigo algumas balas de prata que Sunset Bison o ensinara a fabricar. Viera preparado para rastrear uma criatura que diziam assolar o civilizado leste. Mas agora, ela teria de esperar pela sua vez. Só de estar com a arma em punho, já se sentia mais seguro. Carregara o rifle com as balas especiais.

Assim que saiu da cabine, no final do corredor, viu um homem de aspecto pútrido. Tinha feitio de morto, com olheiras profundas, pele descolando da face, um sorriso de dentes amarelados e afiados debaixo de um bigode ralo. Vestia roupas carcomidas pelo tempo.

— Você outra vez, índio? — perguntou o morto-vivo.

Kane percebeu quem era imediatamente: William Walker, o seu companheiro de cabine e assaltante, que o acertara com um balaço na barriga. O bandido levantou o braço direito apontando o revólver para o caçador de recompensas, que dessa vez tinha

O TREM DO INFERNO

como se defender. Blackmoon mirou o *Winchester* no inimigo e disparou mais rápido. A bala de prata zuniu, acertando o peito de Walker. O seu sorriso se dissipou aos poucos, assim como o corpo, que foi se desvanecendo como névoa fantasmagórica no ar junto de uma gargalhada dissonante.

Kane pretendia voltar para o restaurante. Mas pela porta fechada do vagão, viu um líquido negro escorrendo pelas frestas como se fosse invadir o lugar. Decidiu seguir pelo caminho adiante, que estava protegido por Walker. O mestiço abriu a porta e se dirigiu ao vagão seguinte. Então, estacou quando uma pessoa acocorada no fundo do corredor se levantou. Uma mulher vestia uma roupa escura. Seus cabelos suados desciam pelos ombros até os seios. A pele branca, igual à de um fantasma, dava a impressão de estar doente. Kane a reconheceu, mas não conseguiu emitir qualquer palavra.

— Kane, meu querido! Eu sabia que você viria. Tire-me daqui!

A mulher estendeu os braços em súplica e levitou lentamente na direção do caçador de recompensas.

— Demônio! Não tente mais me enganar.

— *Não reconhece mais a sua mãe, ingrato?* — a voz agora era do conhecido demônio prisioneiro de Kane.

A coisa voou na direção do mestiço, emitindo um grito estridente e com as mãos prontas para agarrá-lo. Kane Blackmoon não perdeu tempo e disparou antes que a sua falsa progenitora se aproximasse demais. A bala de prata trespassou o fantasma, que se desfez em milhares de fragmentos etéreos azulados.

Kane estava sendo confrontado pelo demônio. Desde que

prendera o inimigo em seu interior com tatuagens de símbolos arcanos, era a primeira vez que ficava à mercê de seus caprichos. Não sabia em que campo de batalha havia sido jogado. Podia ser apenas um campo de ilusões gerado pela criatura dentro de sua mente. Até que ponto era real ou ilusório o que vivenciava, não sabia dizer. Mas poderia apostar suas fichas que tinha toda a chance de ser uma projeção do próprio inferno. Lugar bem conhecido do seu prisioneiro.

Kane seguiu adiante, passando por outros vagões que também estavam vazios. Lá fora, a paisagem infernal era a mesma que vira desde o início. Atrás da próxima porta que abriria, escutou unhas arranhando-a e rosnados. Afastou-se dela e manteve o rifle posicionado. Quando a porta se escancarou, revelou quatro coisas se amontoando na entrada. Eram criaturas parecidas com símios monstruosos, que destilavam baba dos dentes e tinham olhos faiscantes que o encaravam. Em diversas partes do corpo, nas quais deveria existir pelagem, viam-se falhas e pele aberta revelando vermes em seu interior.

O caçador de recompensas deu um tiro, acertando uma das criaturas, que tombou. Mas as outras já vinham correndo em sua direção. Não teria tempo de matar todas com o rifle quando se aproximassem. Para piorar, não tinha outras armas consigo. Em desvantagem, pensou que dessa vez não conseguiria escapar.

Do teto do vagão vinha uma voz gritando que lembrava alguém conhecido:

— Aqui!

Kane olhou para cima e viu uma portinhola aberta. Um jovem índio, de olhar familiar, estendia a mão para ele. Blackmoon

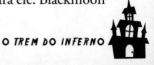

O TREM DO INFERNO

pegou a mão do sujeito, que o ajudou a subir no alto do vagão. Antes que pudessem fechar a tampa de metal, um dos símios conseguiu agarrar a perna de Kane, mas o seu aliado acertou um golpe de machadinha na cabeça da criatura, que acabou caindo morta sobre os companheiros lá embaixo. Os dois fecharam a tampa. O jovem índio se posicionou de joelhos sobre a portinhola, empurrando-a com as mãos. A lâmina de seu machado ainda fumegava. Kane percebeu que era banhada em prata.

O índio, um *sioux*, o encarava com olhar sério.

— Vim para ajudá-lo! — disse em alto e bom tom, para que a sua voz pudesse suplantar o barulho do trem e dos gemidos dos torturados que ocupavam a planície desértica.

— Já nos conhecemos? — perguntou Kane, também falando quase aos berros.

Os símios monstruosos espancavam a tampa, tentando sair do vagão. Kane também pressionou a portinhola, ajudando o aliado a manter as criaturas trancadas.

— Quem sabe? Tempo e espaço são relativos. Meu nome é Bison. Sunset Bison.

Diante da revelação, Kane Blackmoon ficou sem palavras. Só podia estar sonhando, ao encontrar a versão juvenil do velho *sioux* que morrera diante de seus olhos.

— E você é um Blackmoon — disse Bison, ao perceber que não obteria o nome do mestiço. — Meu avô me disse que eu o encontraria no inferno particular de um demônio.

— Como faremos para sair daqui? — perguntou Kane, apreensivo.

— Você precisa matar o coisa-ruim!

— Mas como? Eu pensei que tinha completo domínio sobre ele. E, agora, estamos aqui. Não sei o que aconteceu de errado.

— Talvez ele tenha encontrado uma brecha em sua alma. Não dá pra dizer. Só sei que você tem de acabar com ele.

— Isso parece algo impossível. Por isso nós o aprisionamos.

— Nós?

— Sim. Eu e você!

— É melhor não me falar sobre o futuro. Escute-me! Meu avô me disse que estamos na mente do maldito. Dentro dele, podemos localizar o coração negro e pulsante que lhe concede vida. Por outro lado, nós somos passíveis de que nos devore as almas se nos agarrar com suas artimanhas. Os monstros que estão aqui neste vagão são projeções dos desejos dele. Desejos de nos consumir.

Sunset Bison apontou para a locomotiva. O trem se movia a toda velocidade. Kane se virou para ver o que o *sioux* indicava e viu uma ponte. No final dela, havia um túnel largo, que iniciava em uma montanha. A abertura começou a adquirir o aspecto de uma bocarra, com inúmeros caninos animalescos. A montanha ganhou uma forma negra e viscosa, repleta de olhos que se abriram, observando a chegada do trem e fitando os dois homens sobre o vagão. Uma voz sinistra preencheu aquele mundo:

— *Estou com fome, Kane Blackmoon. É a sua vez de me alimentar!*

O trem entrara naquela ponte estruturada em madeira que rangia a cada movimento das rodas de metal. Para fugir dos dentes do demônio, só mesmo pulando para a morte certa em um rio de sangue que borbulhava lá embaixo em um desfiladeiro. Dava para ver tentáculos se movimentando naquelas águas bizarras.

— Acerte o coração! — disse Bison.

Kane hesitou. Não queria parar de empurrar a tampa que prendia os monstros simiescos debaixo deles.

— Faça! — berrou Bison.

O mestiço se levantou, equilibrando-se com dificuldade sobre o vagão em movimento. Apontou o rifle para a criatura e atirou a esmo, sem ver qualquer coração pulsante. Seu tiro não causou dano algum além de um buraco que fez soltar um pouco de fumaça. O demônio gigantesco gargalhou:

— *Venha logo, Kane!*

A cada instante, o trem, metro a metro, se aproximava mais daquela garganta fétida. Kane olhou para trás e viu um dos macacos empurrar com força a portinhola, deslocando Bison. O ser monstruoso chegou ao teto do vagão e pulou no pescoço do *sioux*. Os dois se engalfinhavam enquanto outro começava a subir também. Sunset acertou a têmpora da criatura que o atacara. A prata gerou o efeito desejado, fazendo com que o inimigo o soltasse e, em desequilíbrio, caísse no precipício em direção aos tentáculos que aguardavam sedentos para agarrar alguma vítima.

O *sioux* era valente. Podia dar conta dos seus inimigos. Porém, Kane tinha dúvidas de que conseguiria liquidar o demônio. Então fechou os olhos e viu o cenário de outra perspectiva. O seu totem não o abandonaria, nem mesmo naquele lugar infernal. Do alto, avistou o trem sobre a ponte rumando para a bocarra demoníaca. Viu a si mesmo segurando o *Winchester,* enquanto Sunset cuidava dos dois símios-monstros que haviam sobrado. Kane escutava o farfalhar de conhecidas asas negras e enxergava o mundo pelos olhos do corvo.

DUDA FALCÃO

O corvo, o espírito do totem que se revelara quando conhecera o velho Sunset Bison, anos atrás, deu um rasante, aproximando-se do trem e indo em direção à boca selvagem que os engoliria em instantes. Dentro da garganta, enxergou uma pedra negra, parecida com um diamante irregular, pulsando como um coração. Memorizou onde ela ficava e abriu os olhos. Pouco antes de entrar naquele túnel grotesco, disparou um balaço de prata do seu fiel *Yellow Boy*. Os estilhaços do coração, até então oculto, voaram em todas as direções como em uma explosão provocada por dinamites em uma mina. O demônio urrou de dor. Depois disso, Kane Blackmoon nunca mais escutou aquela voz sombria e venenosa dentro de sua cabeça. O mestiço perdeu mais uma vez a consciência quando se fez uma escuridão plena.

5. O leste

Quando Kane abriu os olhos, viu o belo rosto de Lucy. Ela sorria. O corpo do mestiço estava dolorido, e a dor mais aguda se localizava em sua barriga.

— Eu sabia que você resistiria. Não foi o que eu disse, papai?

Arthur se aproximou:

— Você tinha razão, minha filha. Ele é forte.

Blackmoon percebeu que estavam na cabine do trem.

— Que bom rever vocês! — disse Kane, com dificuldade.

— Pensei que você acordaria somente na Terra dos Pés Juntos, rapaz. Mas minha Lucy sabe o que diz.

Kane abriu um sorriso tímido.

— O que aconteceu depois que Walker me acertou? — o caçador de recompensas, com intensa curiosidade, conseguiu perguntar mesmo sentindo dor.

— Um pouco depois de acertá-lo, Walker foi morto com um tiro no peito. Teve o fim que merecia. Os bandidos que invadiram o trem não sabiam que estavam sendo monitorados por um grupo do Departamento de Justiça, que buscava por foragidos. Foi o pandemônio quando as autoridades resolveram intervir energicamente. Seguiu-se um verdadeiro tiroteio. Foi o caos. Outras pessoas acabaram sendo atingidas. Mas nenhuma tão gravemente. Talvez o pior caso tenha sido o seu. Por sorte, dois médicos viajavam conosco. Eles ajudaram todos os feridos.

— A insistência de Lucy fez com que um dos médicos o atendesse prontamente — interviu Arthur no relato da filha.

— Com este sorriso Lucy consegue o que quer — Kane elogiou a mulher que começava a encantá-lo.

— Não precisa me paparicar, irmãozinho. Você deve estar com sede e com fome. Ainda temos algum tempo antes de a viagem terminar. Vou avisar o médico de que você acordou.

— Obrigado, Lucy.

A mulher deu um beijo nos lábios do mestiço e se afastou. Naquele instante, Kane Blackmoon pôde olhar para a janela. Lá estava empoleirado o corvo. O caçador de recompensas agradeceu mentalmente ao seu totem protetor. A ave levantou voo, grasnando em uma bela manhã de sol e se dirigindo para o leste.

---

[2] *O personagem Kane Blackmoon apareceu pela primeira vez no conto O Bisão do Sol Poente, publicado em Estranho Oeste (2011) e Mausoléu (2013), ambos da Argonautas Editora. Sua segunda aparição foi na narrativa Sob os Auspícios do Corvo, presente no livro Treze (2015), publicação das editoras AVEC e Argonautas.*

A CRIATURA DO TRAVESSEIRO

Ele chegou à noite, vindo de um beco defronte à casa. Não sabia exatamente em que ponto da história se encontrava. Sempre observava antes de agir. Às vezes, acabava envolvido de tal forma no enredo que era difícil retornar. Já tinha vivenciado algumas enrascadas. Apesar disso, a aventura valia os desafios.

Do casarão que tinha um aspecto glacial, uma brancura fria e desagradável, saiu um homem. O Proprietário do Museu do Terror[3] deduziu que só poderia se tratar do médico responsável. Sendo assim, Alicia ainda devia estar viva.

Esperou alguns minutos após a partida do catedrático e bateu três vezes na porta. Como ninguém respondeu, insistiu. Logo escutou o barulho de chinelos se arrastando com lerdeza pelo piso no interior da casa. Enfim, uma criada o atendeu:

— Quem é o senhor? Não tem vergonha de bater no lar de pessoas respeitáveis a uma hora dessas?

— Peço que me desculpe! Trata-se de um caso de vida ou morte. O médico particular do senhor Jordán me enviou.

— Mas ele acaba de ir embora. Eu mesma vi.

— Trago nova informação, que poderá salvar Alicia. Encontramos a cura para a doença dela. O doutor não pôde voltar

pessoalmente. Por isso, estou aqui. Deixe-me entrar, não temos tempo para elucubrações.

A criada, ao ouvir aquela afirmação categórica não hesitou em permitir a entrada do estranho. Subiu correndo as escadarias em busca do patrão. Pediu apenas para que o visitante aguardasse no *hall*. Estátuas de mármore decoravam o ambiente, o gesso das paredes parecia intocado pela ação do tempo, e a falta de crianças contribuía para isso.

Pouco depois, Jordán se encontrou com o homem de figura lúgubre. Sem cerimônia, vestia um roupão sobre o pijama.

— E, então, quem é você? Não o conheço. O que sabe sobre Alicia?

— Meu nome é irrelevante. Temos pressa se quisermos vê-la curada. Deixemos de lado as apresentações. Leve-me imediatamente até o quarto — as olheiras do visitante, sua magreza e a pele branca lhe concediam um aspecto fantasmagórico.

Jordán não gostou do tom utilizado pelo sujeito. Mesmo assim, seu desespero em ver Alicia curada era tal que não hesitou em obedecer ao indivíduo.

Os dois chegaram ao quarto, o anfitrião acendeu uma lamparina. Alicia dormia de lado, com os braços cruzados. Seu rosto não escondia a brancura, a falta de sangue nas veias, uma expressão entorpecida e rígida feito mármore. O tecido transparente da camisola delatava a magreza doentia. O visitante colocou sobre um móvel a mala que carregava e de seu interior retirou um alicate. Em seguida, disse:

— Precisarei de sua ajuda, Jordán. Você deverá levantar Alicia pelo pescoço com suavidade e aproximar a lamparina para que eu possa examinar a têmpora deitada sobre o travesseiro.

O esposo concordou e fez como o excêntrico tipo havia solicitado. Quando a cabeça de Alicia foi levantada, o Proprietário do Museu pôde ver uma fina tromba que saía do travesseiro acoplada ao crânio da enferma. Com o alicate, pressionou cuidadosamente aquela coisa. O bico da criatura retraiu, soltando-se da cabeça da mulher. Algumas gotas de sangue caíram sobre a fronha branca.

Jordán viu o estranho pegar o travesseiro e guardá-lo na mala. Pensou em protestar, quis saber o que era aquela tromba, de aspecto alienígena, que sugava o sangue de sua esposa. Mas diante de visão tão asquerosa, recuou.

Sem saber o que dizer, Jordán deixou-o partir. A felicidade retornou ao lar do casal juntamente com a saúde de Alicia. No dia seguinte, a vivacidade se podia notar nas maçãs do rosto coradas e no sorriso alegre da mulher. Os dois reescreveram uma nova história depois daquela visita inesperada. Não fosse aquele sujeito, em outra realidade, Alicia teria sucumbido à sede voraz da criatura.

De volta ao museu, uma nova plaqueta de metal foi confeccionada para ser instalada diante de uma caixa de vidro. Lia-se: "Cuide onde deita sua cabeça. Parasitas podem se esconder nos locais mais inusitados". Dentro do expositor havia uma bola viscosa, inchada, de patas peludas, desprovida de olhos e com uma tromba comprida. A coisa dormitava no fundo da caixa sobre plumas de ganso.

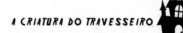

In: Colecção Barbante. Lisboa — Portugal: Imaginauta, 2015.

[3] O personagem conhecido apenas pela alcunha de Proprietário do Museu do Terror é protagonista dos contos Museu do Terror, Relíquia e Os Desejos de Morris. Os dois primeiros foram publicados no livro Mausoléu (2013), e o terceiro, no livro Treze (2015). A Criatura do Travesseiro é uma homenagem ao autor Horacio Quiroga e ao seu perturbador O Travesseiro de Penas.

O SANGUE DOS ANTIGOS

Deixei o velho casarão da Praia da Cal em um dia gelado, de sol tímido escondido entre as nuvens. Minhas condições físicas ainda não eram as melhores. A surra que a turba de fanáticos me aplicou ainda dói até os ossos. Mas isso não é o pior. Meu drama será conviver com a doença que se espalha em meu sangue. Tive a oportunidade de realizar uma escolha. Meter uma bala na própria testa e me livrar dessa vida ingrata. Mas não consegui. Faltou-me coragem para tanto. Preferi me agarrar a este mundo a ter que enfrentar o inferno.

No entanto, tudo tem seu preço. Sair vivo da habitação do bizarro Álvaro J. Caetano não é algo que se faz de graça. Para continuar caminhando sobre a terra, comprometi-me na realização de uma tarefa: cometer um assassinato. Até o momento, não maculara minhas mãos dessa maneira. Logo, estariam mais sujas que pau de galinheiro. Meu serviço não parece muito complexo. Trata-se de eliminar Juliana Sousa, fato que não me causará desagrado, confesso. Ela é proprietária de uma loja esotérica de mau gosto e me colocou nessa fria, ao me contratar para recuperar um amuleto. Ao longo da empreitada, acabei sabendo que o objeto fora esculpido com uma pedra de origem alienígena. Se alguém me dissesse isso, não há dúvida de que eu riria na cara do sujeito. Mas, depois de ter visto o que vi, tornou-se fácil acreditar. Agora que estou nessa estrada pantanosa, não tenho mais como voltar. Além do mais, pelo que entendi, Juliana não é flor que se cheire. Portanto, será um malefício a menos estorvando o mundo quando eu acabar com ela.

Meu Chevrolet, apesar de vários dias dormindo ao relento, pegou de primeira. Peguei o caminho de volta para Porto Alegre. Em um momento de descuido, quase saí da estrada. Depois de ter meu primeiro pesadelo com a entidade alienígena, não é incomum que devaneios e ilusões preencham meu campo de visão, deixando-me um pouco fora de ação. Por um instante, como um *flash*, vi um dos olhos da divindade investigando minha mente. Sentia-me de alguma maneira conectado à coisa. Como se o sangue novo que circulava em minhas veias pudesse nos ligar. Era o sangue de uma raça antiga, conforme eu aprendera nos últimos dias, uma raça provinda das estrelas, de abismos estelares, insondáveis para as limitadas consciências humanas.

Tentei afastar aquela imagem que me dava arrepios. Sentia-me vigiado. Entendi que liberdade já não era mais um conceito do qual eu poderia usufruir. Viveria uma espécie de ditadura, de controle sobre minhas atitudes. Tinha medo de fazer qualquer coisa que não pudesse agradar a entidade. Não sabia exatamente o que ela desejava. Por isso, todos os cultistas ou os de sangue maculado, como eu, precisavam de um guia. Esse sujeito era o inescrupuloso J. Caetano. Suas ordens se tornavam leis entre nós.

Depois de firmar bem as mãos sobre o volante e afastar pensamentos indesejados, a viagem não teve contratempos. Era o final da manhã quando cheguei à capital do estado. Comi um pastel gorduroso, daqueles raros, com bastante recheio, e pedi uma xícara de café preto sem açúcar. Aquilo me ajudaria a ficar acordado e atento. Desejava realizar o serviço o quanto antes. Deixei meu carro a duas quadras da loja de quinquilharias do meu alvo. Do bar em que me encontrava, observei a movimentação de clientes. Assim que uma mulher saiu do estabelecimento carregando uma gorda sacola de compras, resolvi agir. Paguei a refeição e atravessei a rua espalitando os dentes.

Ao entrar na loja, avistei Juliana. Ela, ao ouvir o tilintar de uns pequenos sinos instalados na porta, levantou a cabeça, que estava abaixada voltada para a tela do computador. Quando me viu, não deixou transparecer emoção alguma em seu rosto gélido.

— Já era hora. Por que demorou tanto para dar notícias?

— Me meti em uma enrascada daquelas procurando o objeto.

— Você o encontrou? — achei que os olhos dela se iluminariam com a possibilidade de ter em minha posse a pedra alienígena. Mas manteve-se fria. Como se estivesse desconfiada.

— Sim. Está aqui, eu disse — nesse momento, coloquei a mão direita dentro da jaqueta e, de um bolso, peguei uma pistola. Recebera a arma de Caetano, com um silenciador já acoplado ao cano.

Apontei para o peito de Juliana. Ela não pareceu se espantar com minha atitude. Logo descobri que, de alguma maneira, já me esperava. Escutei um barulho ao meu lado, mas não tive tempo de reagir. Enxerguei de soslaio o sujeito que me atingia. Certamente, havia saído de uma porta lateral que antes estava fechada e eu não

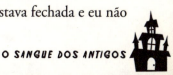

dera importância. Caí sobre o assoalho como um pedaço de carne morta. Apaguei.

Escutei uma voz masculina.

— Deixe o interrogatório comigo, Juliana. Ele nos contará tudo.

Abri as pálpebras. Meus olhos começaram a se acostumar com o breu. Vi uma luz à minha frente, era uma escadaria de madeira. Pude enxergar quatro pernas subindo os degraus, que rangiam com o peso. Duas de um homem, vestindo uma calça e sapatos; as outras, cobertas por uma saia e com tamancos nos pés. Antes que o ambiente ficasse às escuras, enxerguei à esquerda de onde eu estava uma mesa com instrumentos cirúrgicos. Pude escutar uma porta se fechando, e, com isso, a parca iluminação me abandonou.

Eu estava sentado sobre uma cadeira de metal, meus tornozelos amarrados e meus punhos também. Respirava com dificuldade, pois sobre minha boca colocaram algo que me sufocava e impedia que eu pudesse gritar. Meu coração disparou, eu sabia que em breve sofreria uma série de abusos dos meus captores. Precisava me soltar. Mas não sabia como. As cordas estavam firmes. Cumpriam bem o seu objetivo.

A tensão pela qual passava me fez suar como nunca. Senti um fedor que lembrava peixe podre e maresia. Pelos meus poros, um líquido estranho e gorduroso deixava os pelos do corpo encharcados. Comecei a forçar as ataduras. Depois de algumas horas, uma das minhas mãos escorregou das amarras, libertando-se. Isso foi suficiente para que pudesse desfazer os nós. Era como se o meu corpo estivesse besuntado com alguma espécie de oleosidade

DUDA FALCÃO

marinha. Por sorte, não me despiram das roupas mais básicas e de meus calçados. Se eu estivesse com os pés nus, tenho certeza de que teria deslizado no chão. Compreendi que aquele sangue alienígena, injetado por J. Caetano, correndo em minhas veias, me tornava diferente dos humanos mais comuns. Sua influência acarretava mudanças mentais e físicas.

    Sem enxergar, direcionei-me com cautela até a mesa em que repousavam os instrumentos cirúrgicos. Peguei um deles. Talvez fosse algum tipo de faca, pelo tamanho. Sem intenção, mas para verificar o fio, acabei cortando a mão esquerda no gume afiado. Doeu e sangrou um pouco. Mas foi importante para saber de que se tratava de uma arma que eu poderia usar contra os meus captores, quando entrassem no recinto. Calculei, pelo que me lembrava, a direção das escadas. Logo as encontrei. Subi devagar. Contei uns vinte degraus no máximo. Cheguei até uma porta. Encostei o ouvido na madeira para tentar escutar algo. Pude escutar vozes que não estavam muito próximas dali, pois não conseguia distinguir os diálogos. Inspirei fundo e mexi no trinco na esperança de que pudesse abri-la. Trancada.

    Precisei me concentrar para encontrar alguma alternativa. Os poucos minutos de indecisão em que fiquei ali, sem me mexer, foram suficientes para definir o que eu faria, pois não tive escolha. Escutei passos vindos em minha direção. Uma luz se acendeu, pude ver por entre as frestas da porta. Afastei-me um pouco, mas, quando abriram a porta, decidi correr e empurrá-la. Meu captor não esperava por isso. Quando caiu surpreendido pelo impacto, eu me joguei contra ele, estocando a faca em seu tórax. Uma, duas, três vezes, sem dar chance para que pudesse revidar.

Parei quando escutei um grito que acabou me alertando. Era Juliana. O assassinato daquele sujeito parecia tê-la comovido. Fiquei de quatro, como uma fera pronta para atacar. O sangue manchava meu rosto.

Entendendo minhas intenções, nada amistosas, ela correu por uma porta aberta, que estava às suas costas. Levantei, sem tempo de averiguar onde estávamos. Mesmo assim, percebi que se tratava de uma cozinha pequena. Uma cafeteira repousava sobre a pia. Não podia deixar que Juliana escapasse. Ao chegar ao outro recinto, percebi que estávamos na loja.

Ela chegara ao balcão em que costumava deixar o computador. De alguma gaveta, puxou minha ex-pistola com silenciador.

— O que foi que o Álvaro prometeu para você? Podemos oferecer melhor! — ela disse, mostrando certo desconforto ao segurar a arma.

Eu podia apostar que, se Juliana tivesse de puxar o gatilho, conseguiria acertar qualquer coisa, até os pequenos sinos que ficavam na porta, menos eu. Mesmo assim, não podia arriscar, precisava do momento certo para ter a oportunidade de arrancar a arma das mãos dela. Eu ainda não estava na distância adequada para ousar esse tipo de manobra.

— O que poderia ser melhor do que o presente que eu já tenho?

— E o que é que você tem?

— Algo que me preservará da ira Dele quando despertar. Algo que me faz mais forte. Você não gostaria de ter o mesmo que eu? Duvido que você possua algo melhor do que tenho para oferecer.

DUDA FALCÃO

— Então me diga o que é, antes que eu estoure os seus miolos.

Ela parecia mais decidida agora.

— Primeiro, abaixe a arma, assim começaremos a nos entender.

— Diga — ela manteve a arma apontada na minha direção.

— Você precisará de mim vivo. Morto, eu não valho nada — aproximei-me um passo.

Vendo que eu me movia em sua direção, disparou para o alto. A bala se instalou no gesso do teto, fazendo cair um pouco de poeira.

— Se der mais um passo, no próximo disparo, acredite, eu prometo acertar.

— Tenha calma. É o meu sangue que tem valor.

— O seu sangue eu posso esparramar no chão quando peneirar o seu peito com chumbo. Do que me adianta?

— Se me assassinar, não terá como usá-lo. Temos de realizar uma transfusão. Corre nas minhas veias o sangue dos antigos.

Juliana começou a baixar a pistola. Talvez soubesse das mutações que o sangue alienígena dos antigos provocava nas pessoas e acreditasse que ter aquilo nas próprias artérias fosse uma dádiva. No momento em que hesitou, ataquei sem titubear. Lancei-me sobre o balcão alcançando com a ponta da faca o punho em que ela segurava a pistola.

A arma de fogo caiu no assoalho. Juliana tentou atabalhoadamente me afastar com chutes e pontapés. Determinado, eu consegui agarrá-la pelos cabelos e, quando os puxei, vi sua garganta bem amostra. Enfiei o instrumento cirúrgico até o cabo.

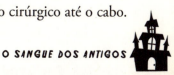

Da sua garganta, o sangue jorrou aos borbotões. Eu a derrubei em seguida. Com as mãos, impedia que alcançasse a faca em seu pescoço e, com os joelhos sobre sua barriga, empurrava-a contra o chão. Pouco tempo depois de agonizar em meu poder, ela morreu.

Levantei-me, não me sentia nada bem com aquela situação. Assassinara duas pessoas em questão de minutos. Como a vida humana era frágil. De alguma maneira, o que me restava de humanidade começou, a partir daquele evento, a minguar de forma gradual.

Precisava me recompor. Tinha de deixar a loja antes do amanhecer. A principal coisa que pensei foi em como limparia minhas impressões digitais, que deviam estar espalhadas pelo lugar. Olhei para as minhas mãos e, pela primeira vez, notei que as digitais não existiam mais. A transformação que ocorria em meu corpo era impressionante e bizarra. A identidade humana aos poucos me abandonava. Em que espécie de criatura eu me transformaria e quanto tempo levaria para isso acontecer eram as perguntas que não abandonavam minha consciência.

Peguei a pistola com o silenciador. Roubei dinheiro do caixa, isso contribuiria para que a polícia pensasse em um crime comum, nada mais do que um assassinato seguido de assalto. Depois liguei para J. Caetano. Contei o que aconteceu, ele me elogiou e pediu para que procurasse por agendas e contatos de Juliana. Também solicitou que eu vasculhasse o local por um livro. O título era, no mínimo, estranho. Um livro que, segundo ele, possuía a capa feita de pele humana. Não encontrei o tomo no andar de cima da loja. Precisava vasculhar o porão antes de encerrar a busca. Quando cheguei à cozinha, minha outra vítima não estava lá. Havia sumido. Vi somente o rastro de sangue no piso e na escadaria que levava ao outro recinto. Desci com cautela e pistola em punho. Uma lâmpada de baixa potência iluminava o local. O homem estava encolhido em um canto com um livro aberto nas mãos. Quando me viu, começou a ler em voz alta uma frase. O sangue escorria por sua boca, o ferimento que eu imprimira a ele tinha sido grave. Antes que pudesse respirar, para a leitura de uma nova frase esdrúxula, eu o enchi de chumbo. Fui até o sujeito, dessa vez, averiguava para ver se estava realmente morto. Ao constatar que havia partido desta para outra, peguei o tomo. Tratava-se do objeto solicitado por J. Caetano. Obrigado, eu disse em voz alta, agradecendo ao defunto por me entregar de bandeja o livro.

Antes de deixar o local, peguei três agendas e o *notebook* da falecida Juliana. Praguejei a maldita cortina de ferro do estabelecimento — quando a levantei, fez um barulho danado. Torci para que ninguém tivesse me visto enquanto abandonava o lugar. Caminhei pelas ruas desertas do centro da cidade àquela hora. Vi um grupo de mendigos enrolados em seus cobertores dormindo. Um cachorro vira-lata que estava com o grupo levantou do seu canto e latiu diante da minha presença. Rosnou. Pensei que me atacaria. Mas acabou desistindo enquanto eu me afastava.

Finalmente, no interior do meu carro, sentia-me mais seguro. Não topara com a polícia em meu caminho e nem mesmo com marginais dispostos a bater minha carteira. Conforme orientação de J. Caetano, retornei para o seu decadente casarão no norte do litoral gaúcho.

Essa foi a primeira missão que eu cumpri para o meu mestre. Ainda lembro como se fosse hoje. Desde então, passaram-se alguns anos, em que tenho feito o que ele ordena para eliminar os concorrentes. As transformações em meu corpo continuam. Em breve, poderei me lançar no oceano, assim como os outros que já partiram em busca de Dagon. Ele é o arauto que acordará o maior de todos os antigos, quando as estrelas estiverem alinhadas. Já não me identifico em nada com os seres humanos, não cairá uma lágrima dos meus olhos abissais quando forem devorados por uma criatura de estirpe superior. Um deus que tem sua origem no início dos tempos e no espaço profundo.

In: *Herdeiros de Dagon*. Porto Alegre: Argonautas Editora, *2015, p. 49-58.*

SONHADORAS

Agradeço ao amigo Marcelo Augusto Galvão, que, após a leitura do conto, sugeriu o título.

O professor avistou um caderno em cima da mesa de metal. Por curiosidade, inspecionou-o. Folheou as páginas e constatou tratar-se de um diário. Não teve pudor em começar a leitura. Qualquer informação ajudaria na expulsão daquele estrangeiro arrogante. Considerava o garoto um verdadeiro desperdício dos recursos financeiros da universidade. O indivíduo estava por lá havia mais de um mês, e suas faltas superavam de longe o número de presenças. Deviam valorizar alunos engajados e responsáveis. Além de higiênicos, pois aquele lugar fedia como um abatedouro.

Começou do início. Queria saber tudo. A letra era firme e estava escrita em um inglês moderno. Para Ricardo, não era difícil a tradução, já tivera de ler muitos artigos e obras acadêmicas produzidas naquela língua. Puxou a cadeira mais próxima e acomodou-se, aproveitando a luz do final da tarde que penetrava pelos vidros empoeirados da estufa.

3 de agosto – Segunda-feira

Após uma longa viagem de avião com duas escalas e um trajeto feito por ônibus, cheguei à cidade. Pequena e sem muitos atrativos, pelo que pude perceber. Fui recebido na rodoviária local por um bolsista enviado pelo coordenador do curso. Sujeito de compleição física normal, mas de pouco refinamento linguístico, incapaz de articular um inglês apropriado, que me conduziu até a casa alugada. Disse-me, enquanto entregava a chave, que havia deixado leite e queijo na geladeira. Sobre a mesa, frutas, pão e bolacha. Uma gentileza patrocinada pelo coordenador do curso. Despediu-se, prometendo voltar no dia seguinte para me apresentar a universidade. Alimentei-me com o que tinha e, em seguida, fui direto para a cama. Precisava descansar, pois meu trabalho nos próximos dias seria intenso.

4 de agosto – Terça-feira

Depois de uma boa noite de sono, sentia-me recuperado. Tomei um banho e fiz um leve desjejum com o que havia sobrado da noite anterior. O bolsista se atrasou. Logo percebi que, por aqui, pontualidade não é uma virtude. Ele deve ter percebido pela minha carranca que eu ficara aborrecido com a sua demora. Paciência. Não vim para fazer amizade com gente tosca.

Fomos primeiro até uma concessionária, onde aluguei um furgão de caçamba aberta. Dirigindo meu próprio automóvel, eu segui o estudante até o campus, onde conheci toda a estrutura: salas de aula, auditórios, ginásio, vestiário, biblioteca, refeitório e laboratório de informática. Pedi para o cicerone que me mostrasse um computador com acesso à Internet. Enviei um e-mail para o meu orientador, avisando que eu chegara bem e que tudo transcorria normalmente. Também comuniquei minha mãe, contando um pouco da viagem. Assim, ela ficaria tranquila, dando-me alguns dias de folga sem realizar ligações internacionais para o meu celular.

Por fim, fomos até os laboratórios de biologia e química, que ocupavam espaços contíguos. O bolsista me apresentou Silva. Eu viera para o país sob o pretexto de assistir às aulas do curso de doutorado coordenado por ele. Logo de saída, antipatizei com o homem. Sua informalidade beirava a ignorância. Como podiam deixar todo um departamento de ciências sob a gerência dele? Enfim, eu precisaria aguentá-lo durante algum tempo.

À noite, assisti à primeira aula. O próprio coordenador a ministrou. Aproveitei para fazer perguntas sobre o microclima da região. Quais as espécies mais comuns de mamíferos e insetos. E, também, sobre as plantas e as flores. Ele até que se esforçou, tenho de admitir, para ser simpático, respondendo todos os meus questionamentos. Mas o que mais me interessava ele não mencionara. Primeiro, preferi apenas especular, sem ser direto. Não perguntei sobre o que realmente desejava saber. Não pretendia gerar concorrência ou interesse de outros alunos, ou até mesmo do professor, para a nossa descoberta.

5 de agosto – Quarta-feira

De manhã, aproveitei para colocar a mão na massa. A casa não era grande coisa, mas tratava-se da residência do botânico que encontrara a "sonhadora", uma espécie raríssima de violeta, o objetivo de minha viagem patrocinada pela Universidade Miskatonic. Na

estufa, não havia mais vestígios de plantas, apenas alguns vasos com terra. Mas seria perfeita para dar suporte à pesquisa.

Fui até uma loja especializada, indicada pelo bolsista, para comprar terra, adubo e algumas flores para reativar o espaço da estufa. Limpei o local, reaproveitei vasos e arrumei o sistema de irrigação. Levei o dia todo para realizar o trabalho. Acabei faltando ao meu segundo dia de aula.

6 de agosto – Quinta-feira

Passei em uma loja de utilitários, precisava comprar alguns itens, antes de ir para a universidade. Chegando lá, cruzei, por acaso, com o professor Ricardo Silva em um dos corredores. Perguntou-me por que eu não havia comparecido no dia anterior. Achei muito importuno da parte dele fiscalizar meus passos e atividades. Mesmo assim, não deixei transparecer qualquer espécie de incômodo. Narrei meus esforços de colocar em funcionamento a estufa. Ele elogiou minha iniciativa. Depois, comentou que o proprietário, Sérgio Teixeira, botânico amador, falecera em decorrência de complicações nas vias respiratórias. Que foi de um momento para outro. Coisa de dias. Em cidades pequenas, todos sabem quando algum morador antigo morre, contou.

Isso eu já sabia. E suspeitava o que poderia ter sido a causa de sua morte. Mas não podia dizer para ele. Não foi difícil alugar a casa, o corretor encarregado pela única filha do morto fez um preço razoável, bem em conta para os recursos de pesquisa da nossa universidade. Com o dólar alto em relação à moeda local, não tivemos problemas. Meu orientador conseguira dois meses de recursos para que eu permanecesse no sul do Brasil. Durante esse tempo, eu precisava encontrar e tentar compreender, ao menos um pouco, a complexidade da "sonhadora". Além disso, quando tivesse de retornar, tentaria levar comigo uma muda para os Estados Unidos. Porém, era uma manobra arriscada, pois não podia ser flagrado pelas autoridades locais. Se isso acontecesse na alfândega, eu teria de responder por tráfico e crime ambiental, manchando o nome dos cidadãos de Arkham.

Acessei meu e-mail. Não dei atenção para a mensagem da minha mãe, mas abri o e-mail *do meu professor*. Ele respondeu dizendo que não via a hora de receber notícias, de preferência, qualquer uma que relatasse alguma coisa sobre a rara violeta.

Tive aula com outro catedrático do curso. Aproveitei para perguntar se conhecia a região, se já havia feito alguma saída de campo. Ele descreveu muito bem a área da propriedade que eu alugara. Falou sobre um riacho cruzando a propriedade, a mata atlântica nativa, a presença corriqueira de bugios, inúmeras espécies de borboletas, o solo rico em nutrientes e a presença de algumas grutas. Foi uma noite proveitosa para a atividade que eu planejara para o dia seguinte.

7 de agosto – Sexta-feira

Na noite anterior, eu deixara minha mochila preparada, equipando-a com repelente de insetos, cantil com água filtrada, sanduíches, uma lanterna, meu celular com GPS de última geração, ferramentas de botânica e o meu caderno de anotações.

Levava comigo também uma fotografia da "sonhadora". Meu orientador, quando vira a foto pela primeira vez, publicada no blog do velho Teixeira, foi tomado de euforia. Sua vida inteira procurara por

um exemplar. Se pudesse, teria vindo. No entanto, a idade avançada e o estado de saúde debilitado, fatos que o colocaram sobre uma cadeira de rodas, não permitiam o seu deslocamento. A melhor alternativa que encontrou foi confiar seus segredos para um dos alunos. Eu fui o escolhido e o responsável pela realização da tarefa de encontrar a planta.

Teixeira fotografara a flor na natureza, em um ambiente escuro e úmido, entre trepadeiras e samambaias, próximo a raízes e uma parede rochosa. Apenas um raio de sol vinha do alto. A impressão é que o exemplar devia estar na mata profunda. O botânico amador não sabia exatamente o que tinha encontrado, mas a classificou corretamente como sendo parte da família das violáceas.

Naquele momento em que eu verificava a imagem, e de acordo com a descrição dos arredores feita pelo professor da aula anterior, deduzi que, talvez, pudesse encontrar a "sonhadora" se procurasse em um terreno próximo a um riacho que também apresentasse um declive. Em um nicho mais profundo, certamente a luz do sol teria mais dificuldade de penetrar.

Caminhei toda a manhã, parando por volta do meio-dia para lanchar. Somente no início da tarde cheguei até o córrego e a mata fechada. Continuei seguindo o curso da água, perscrutando suas margens. Passava das dezesseis horas quando decidi retornar, após aquela infrutífera procura. Conforme o dia terminava, o sol cedia lugar à noite. Liguei a lanterna e mantive o GPS ativado e a atenção redobrada. Peregrinar no escuro sempre era muito mais complicado.

Ao chegar à casa, atirei-me no sofá da sala. Dormi preocupado e com os músculos das pernas latejando. Seria muito difícil encontrar a flor. Mas eu não desistiria tão fácil.

DUDA FALCÃO

8 de agosto – Sábado

Antes de sair, aumentei as minhas provisões e enrolei sobre elas um saco térmico de dormir. Pretendia passar a noite na mata, se fosse necessário para ir mais longe. Fiz o mesmo caminho do dia anterior. Sentia-me mais confiante, menos perdido naquele lugar. Atingi o ponto em que eu retornara da última vez. Continuei em frente, seguindo por uma curva do riacho à esquerda. Depois disso, tive de descer uma ribanceira utilizando o apoio das mãos no terreno e nas árvores que se acumulavam no local. Quando cheguei a um espaço pouco mais plano, percebi que precisava descansar. Seria melhor viajar de dia.

Fiz um pequeno acampamento. Acendi uma fogueira e, diante do seu fogo, me esquentei. Aproveitei para ler a cópia que eu mesmo escrevera. Uma dúzia de páginas do Necronomicon, escrito por Abdul Alhazred. Esse tomo é muito raro — pelo que se sabe, existe apenas um exemplar completo, que está na biblioteca da Miskatonic. São poucas as pessoas que têm oportunidade de colocar as mãos nele. Apenas os professores mais antigos sabem que sua capa original está debaixo de uma capa falsa, com um título falso, com um nome de autor falso. Graças ao meu orientador, pude ter contato com o livro, principalmente com a história dos fungos de Yog-Sothoth e sua simbiose com as violetas nomeadas de "sonhadoras" pelo feiticeiro árabe.

Relendo as anotações, desejei ainda mais encontrar a força criadora. Yog-Sothoth está além do bem e do mal. É ao mesmo tempo ordem e caos. Vida e morte. Razão e loucura. Um deus entre os deuses. A flor é a chave. Preciso achá-la!

9 de agosto – Domingo

Antes que os primeiros raios do sol surgissem, acordei. Meu corpo doía por dormir tão precariamente instalado. Fez bastante frio durante a noite, pressentia um resfriado se avizinhando. Deixei que a fraca luminosidade da manhã aparecesse para me levantar. Comi um pedaço de pão com queijo, bebi água e segui o curso daquele córrego que descia, ainda mais íngreme.

Quando o sol estava a pino, escutei os galhos nas copas das árvores rangendo. Olhei para cima e vi criaturas de pelo alaranjado escuro pulando de galho em galho. Eram bugios. Conforme eu avançava, pareciam mais agitados. Começaram a me ameaçar, urrando como se fossem me atacar. Segui em frente, mesmo sentindo-me intimidado. Parecia que algum deles logo pularia sobre a minha cabeça.

Então, eu avistei. Estavam a uns dez metros de onde me encontrava. Mais de uma dúzia de violetas "sonhadoras". Vistosas. Lindas. Vermelho-fogo. Com pintas azuladas escuras nas pétalas. Por um breve momento, esqueci os macacos. Corri na direção delas. Mas o susto que levei fez com que eu parasse. Dos galhos, pularam quatro bugios, colocando-se entre as flores e mim. Não eram animais de grande porte, como gorilas ou mesmo chimpanzés. No entanto, denunciavam no olhar um brilho de insanidade que me amedrontou. Dei um passo à frente. Fiz movimentos ameaçadores com os braços tentando espantá-los.

Apenas consegui deixá-los mais raivosos. Um deles pegou uma pedra e a jogou na minha direção. Acertou a minha testa, abrindo um corte profundo. Perdi um pouco do equilíbrio e quase caí. Outro

DUDA FALCÃO

correu e saltou sobre mim logo em seguida. O maldito era forte. Agarrou-se na minha cabeça e no meu pescoço. Tentava me morder. Eu me desvencilhei soqueando para todos os lados que conseguia. Até que infligi algum dano nele, que acabou por me soltar. Como estava muito próximo, pude ver seu pelo coberto em diversas partes por uma coisa cinza-azulada. No rosto e nas mãos também crescia aquela casca. À primeira vista, eu arriscaria dizer que se trata de uma grave doença de pele causada por algum tipo de fungo. Olhei ao redor e para cima. O número de bugios aumentara, e o objetivo do grupo parecia ser apenas um: fechar o cerco.

Fiquei com medo. Naqueles olhos escuros podia ver desejos assassinos. Para confirmar minha dedução, percebi entre as "sonhadoras" algumas moscas-varejeiras voando sobre um pequeno corpo em decomposição. A pelagem não deixava dúvida. Tratava-se de um exemplar dos próprios macacos. Os bugios teriam matado um de seus iguais para proteger as flores?

Enquanto ainda tinha alguma força em minhas pernas, decidi correr. Não pude voltar por onde tinha vindo. Mais deles desceram para o solo. Fugi por um dos lados abertos. Foi uma sinfonia de berros, de regozijo e vitória. Seguiram apenas por algumas dezenas de metros e desistiram. Talvez eu não fosse tão importante assim. O que importava para eles estava lá atrás: as "sonhadoras". Percebi que me observavam de longe, como se fossem guardas protegendo um tesouro. Encaravam-me com a consciência dos loucos.

Naquele momento, não havia escolha. Deveria voltar para casa, descansar e organizar alguma tática de enfrentamento contra aqueles animais. Decepcionado por não conseguir um exemplar da minha obsessão, acessei o GPS. Comecei meu retorno por outro trajeto.

Quando a noite chegou, resolvi montar acampamento. Acendi uma fogueira para me esquentar. Entrei no saco de dormir térmico, já com minhas provisões acabando. Não escutei movimentos nas árvores, mesmo assim, foi impossível relaxar imaginando que aqueles bugios pudessem me atacar durante a madrugada.

10 de agosto – Segunda-feira

Uma semana se passara desde a minha chegada nesta terra subdesenvolvida e selvagem. Passei uma noite inteira sem pregar os olhos. Qualquer barulho na mata me causava um sobressalto. Só de imaginar que podia ser surpreendido por alguma daquelas criaturas me dava calafrios. Elas tinham qualquer coisa no olhar que era impossível descrever. Uma inteligência desperta como nunca percebera em outros animais.

Enfim, a manhã chegara, tão fria quanto a noite. Com a luz fraca do sol, encoberto por cinzentas nuvens, eu me preparei para retornar à casa que alugara. Guiei-me pelo GPS mais uma vez. A madrugada maldormida, as pálpebras pesadas e os músculos do corpo tesos depois do esforço, da luta e da fuga dificultavam meus passos.

Quando a vi, pensei que se tratava de um delírio. Mas ela era como as outras. Com apenas uma diferença. Estava só. Ao invés de encontrá-la reunida com iguais de sua espécie, cercada por um bando de furiosos protetores, avistei-a solitária, esbelta e imponente. Primeiro a fotografei, assim como fizera Teixeira com uma de suas irmãs. Depois, tendo planejado aquele momento desde que chegara, peguei em minha mochila uma tesoura e uma pequenina pá de

DUDA FALCÃO

jardinagem. Com movimentos cirúrgicos, cortei pequenos cipós que envolviam seu frágil caule e, em seguida, escavei a terra preta ao redor dela. Coloquei o exemplar da "sonhadora", com terra e tudo, em um vaso de plástico vazio.

Olhei para os lados, e nem sinal das criaturas intimidadoras que me expulsaram do perímetro mais fértil em que proliferavam as flores. Senti-me aliviado e, de certa maneira, um verdadeiro escolhido por tê-la comigo. Tive muita sorte de encontrar uma desgarrada. Uma longe das outras mais de quilômetro. Agradeci em voz alta o único deus a que eu prestava culto: Yog-Sothoth, magnífico e supremo, Yog-Sothoth, pai e mãe dos deuses antigos, Senhor da Prole Estelar, Ventre de Cthulhu e Shub-Niggurath — salve, magnífico!

Minha felicidade e excitação se tornaram intensas. As experiências começariam o quanto antes, pois eu desejava entrar em contato. Demorei a vencer o trajeto, visto que fora afastado do caminho original. Somente quando o sol se escondeu no horizonte, consegui chegar à casa de Sérgio Teixeira. Antes que eu pudesse descansar, acondicionei da maneira mais adequada o meu troféu na estufa. Lá, viveria e me daria uma bela muda para eu levar para minha terra. Arkham voltaria, depois de duas gerações, a abrigar novos sonhadores como Randolph Carter.

11 de agosto – Terça-feira

Dormi o sono dos justos. Acordei às onze horas da manhã. Primeiro, verifiquei como estava minha "sonhadora". Quase surtei quando vi que suas pétalas começavam a murchar. Mas tentei não

me desesperar. Eu sabia o que fazer, afinal de contas, não havia lido o livro proibido de Abdul Alhazred? Peguei a tesoura que deixara em cima da bancada de metal e cortei a palma da própria mão. A dor me fez gemer até que um suor frio me dominasse. Quase desmaiei. Cheguei a sentir o chão desaparecer sob os meus pés, e uma escuridão tomou conta de parte da minha visão. Caí ajoelhado diante da flor. Escorei-me na mesa em que o vaso repousava. Esforcei-me para não perder a consciência e, aos poucos, fui retomando o controle. Nunca me acostumara a ver sangue. Fechei a mão com força, deixando que o líquido vital escorresse e regasse minha planta faminta. A "sonhadora" era uma carnívora que, segundo o autor do Necronomicon, costumava exigir mais do que insetos quando desprovida de seu habitat nativo. Peguei um pedaço de pano qualquer e o enrolei na mão ferida. Não foi instantaneamente, mas pude perceber que, após alguns segundos, a terra absorvera o sangue e as gotas sobre as pétalas se tornaram quase invisíveis, integrando-se ao viço original.

    Eu precisava comparecer à universidade. Dos cinco dias de aula, eu faltara a três. Logo começariam as perguntas impertinentes. Por isso, fui até o campus. Dessa vez não tive tempo de acessar meu e-mail, certo de que meu orientador esbravejaria contra minha negligência. Mas não foi possível.

    Fora o bolsista, um ou dois colegas tentaram conversar comigo. Mas eles eram pouco versados no inglês, e seus diálogos, enfadonhos. Meu português é suficiente para me comunicar com os nativos e realizar leituras superficiais. Mais do que isso é perda de tempo, não costumo me importar com linguagens bárbaras.

    Uma garota interrompeu meus pensamentos enquanto eu aguardava pelo início da aula. Perguntou como era minha cidade.

O inglês dela parecia razoável, então respondi que não existe lugar mais interessante no mundo! Ela sorriu, dizendo-me que aquela era uma resposta típica de sujeitos românticos. Nunca me considerei fútil. Tive vontade de ignorá-la. Mas não houve tempo hábil para me desvencilhar. Apresentou-se em seguida: meu nome é Tatiana. Eu disse apenas: West. Will West.

O professor chegou e, para minha sorte, acabamos interrompendo nossa conversa. No final da aula, ela se ofereceu para me auxiliar nos estudos. Educadamente agradeci, recusando. Não precisava de alguém interrompendo minhas atividades e futuras experiências. Retornei para casa e fui direto para a estufa.

Ansioso, encontrei a "sonhadora" em bom estado. Alegrei-me e, finalmente, tive coragem de arriscar. Arranquei três de suas cinco pétalas. Utilizando um sistema simples de decantação, eu pretendia extrair sua essência mais pura.

12 de agosto – Quarta-feira

De manhã, encontrei as pétalas murchas. No tubo de ensaio, não havia mais do que alguns milímetros de líquido puro extraído. Torci para que fosse suficiente. Passei para uma seringa, procurei por uma veia em meu braço esquerdo e injetei.

Acompanhava o tempo pelo relógio em meu pulso. Depois de quinze minutos, percebi certo enjoo. Logo, umas fincadas no estômago. A dor fez com que eu me torcesse, ajoelhando-me. Desabei no chão e tive convulsões. Algo que nunca me acontecera. Senti medo de morrer. Tudo a minha volta rodava. Então, vomitei. Era como se eu estivesse limpo e pronto para viajar. Tentei me mover, mas não

consegui. Fiquei em um estado de paralisia. Minha visão escureceu e minha audição latejava, como se tocasse em meus tímpanos um tambor lento e ritmado pelo compasso do coração.

Por um momento, tive a impressão de perder a consciência. Quando retornei, não me encontrava mais na estufa-laboratório. Abri os olhos em outro lugar. Estava em pé em um platô. Era noite. Uma noite estrelada como nunca eu vira antes. Conhecia um pouco de astronomia e fiquei estupefato ao perceber que aquela configuração não era a mesma vista da Terra. Eu podia apostar que estava no centro da Via Láctea.

Caminhei sentindo um pouco de desconforto muscular. Apalpei o meu corpo. Eu o sentia como se estivesse no mundo real. Aquilo não podia ser simplesmente um sonho. No centro de um altar circular de pedras, havia um obelisco. Era transparente como o vidro, mas dava a impressão de ser de outro material, algo que eu desconhecia. Nele, havia inscrições, as quais eu não consegui reter na memória para reproduzi-las aqui. Tinha mais ou menos seis metros de altura, e os três lados, na base, deviam medir dois metros cada. Do solo até o alto, tornava-se mais fino, terminando em uma ponta triangular.

Fascinado por aquela estrutura, toquei-a. Uma luminosidade intensa e crescente ocupou meu campo de visão, cegando-me de forma momentânea. Quando pude abrir novamente as pálpebras, encontrava-me estirado ainda no chão da estufa. Estava amanhecendo.

13 de agosto – Quinta-feira

Ao retornar daquela viagem, o que mais me incomodava era a dúvida. Tinha sido real ou um processo alucinógeno que gerava um sonho vívido? Levantei-me. Tomei um banho quente e dormi na cama, aquecendo-me debaixo de cobertores grossos. Antes do final da tarde, acordei faminto. Comi o que ainda tinha na geladeira.

Fui até a estufa perguntando-me como realizaria meus próximos experimentos. Precisava gerar outras "sonhadoras". Isso poderia demorar. Plantei mudas em outros vasos. Reguei a terra com água e um pouco do meu próprio sangue. Isso me enfraqueceu em demasia. Não poderia cultivá-la assim por muito tempo.

14 de agosto – Sexta-feira

Durante a noite anterior, dormi um sono agitado. Que eu lembre, não tive sonhos além de ser atormentado pela visão daquele estranho obelisco repleto de inscrições impossíveis de traduzir. Acordei banhado em suor. O local em que eu injetara a essência da "sonhadora" coçava e estava vermelho.

Não tive disposição para ir à universidade. De hora em hora eu verificava se havia alguma modificação na flor original. Ela parecia mais fraca. Não queria admitir, mas sabia que não resistiria durante muito tempo. Talvez meu sangue somente não fosse suficiente.

Sentado à varanda, em uma cadeira de balanço, eu o vi. Um cão vira-lata rondava a casa. Prontamente, atendeu ao meu chamado. Aproximou-se abanando o rabo. Levei-o para a cozinha, onde peguei uma faca. Talvez estivesse pensando que eu o alimentaria. Mas não foi o que fiz. Cruzei uma linha sem volta naquele momento.

Sem arrependimento, rasguei o seu pescoço. O animal gemeu e agonizou. Ainda conseguiu me morder. Mas logo parou de se debater.

Cortei-o em partes e espalhei sua carne pela terra em que eu plantara as mudas da "sonhadora".

17 de agosto – Segunda-feira

Durante o final de semana, acompanhei o progresso de germinação das flores. Da terra em que depositei carne, pequeninos brotos despontaram como chamas avermelhadas. A original começava a regenerar as pétalas que eu decepara. Logo, poderia realizar uma nova viagem. Sabia que estava sendo convocado para ver mais do que aquele obelisco em meus pesadelos. Eu havia visto muito pouco. A "sonhadora" era a chave para conhecer Yog-Sothoth.

18 de agosto – Terça-feira

Acordei com uma coisa escura no local em que injetara a essência da flor. Parecia mofo. Ainda podia ver a marca do furo, escurecido e avermelhado. Passei uma pomada, que ajudou a aliviar a coceira. Não podia me preocupar com aquilo agora.

Fui direto à estufa. Como o progresso da germinação se tornara evidente, me encorajei, arrancando as outras duas pétalas inteiras da "sonhadora" original. Finalmente, faria uma nova viagem. Assim que o líquido ficou pronto, preparei a injeção para o outro braço.

Passei pelo mesmo processo de enjoo, convulsões, vômito e consequente paralisia. Minha visão se turvou, até que pude enxergar novamente. Encontrava-me em um território árido, de aspecto lunar, repleto de crateras de diversos tamanhos: largas, rasas e profundas.

Mais uma vez, as estrelas abundavam, deixando-me pasmo. Não muito longe de onde eu me encontrava, avistei um obelisco. Do mesmo formato do anterior. Mas forjado em uma matéria-prima diferente. Este era feito com uma pedra negra e lisa. Ao me aproximar, tentei ler as inscrições. Não estavam escritas em alguma linguagem que eu pudesse identificar. No entanto, consegui distinguir alguns símbolos e fiquei com a impressão de que eram os mesmos que eu visualizara no obelisco de vidro. Fascinado por aquela estrutura, aproximei-me e toquei-a, sentindo sua frieza. Naquele momento, minha visão foi ofuscada por uma luz insuportável, cegando-me.

19 de agosto – Quarta-feira

Quando dei por mim, acordava mais uma vez na estufa das "sonhadoras". Teria de esperar mais alguns dias para realizar outra viagem. Não havia pétalas "maduras" para decantar a droga.

Para me recompor, tomei um banho e me alimentei. Vi no espelho que minhas olheiras estavam mais escuras e maiores do que de costume. Realmente, eu não estava dormindo bem. Percebi que o primeiro furo em meu braço se tornara um ferimento aberto e que, ao seu redor, se ampliava aquela espécie de bolor. No braço direito, a perfuração mais recente ficara vermelha e também coçava. Por um instante, fiquei preocupado com minha integridade física. Mas esse sentimento de fraqueza logo se desvaneceu. Como um junkie, optei por não avaliar as consequências. O que poderia ser melhor do que viajar para mundos distantes? Se a morte fosse o limite, eu estava disposto a arriscar minha própria vida pelo prazer de alguns breves momentos de glória.

Dirigi-me para a universidade. Dessa vez, eu enviaria um e-mail com notícias para o meu orientador. Ele ficaria excitado quando soubesse das minhas descobertas. Quando abri minha caixa de mensagens, havia mais de dez só do meu professor. Nas primeiras, desejava saber novidades. Nas últimas, chegou ao ponto de me ameaçar, exigindo saber por que eu não respondia. Estava visivelmente agoniado. Eu o tranquilizei, pois não queria que ele entrasse em contato com o enfadonho Ricardo Silva.

Porém, acabei mudando de ideia. Não sei bem por que fiz isso. Talvez não quisesse dividir minha descoberta. Talvez eu tenha ficado indignado com o tom dos e-mails escritos por ele. Só sei que decidi mentir descaradamente. Afirmei que procurava todos os dias por um exemplar da "sonhadora", mas que até agora minhas incursões no meio da mata atlântica haviam resultado em insucessos.

Deixei a sala dos computadores e fui à aula. Naquele dia, fazia calor. Mesmo assim, usei uma camiseta de manga comprida. Percebi que riam de mim. Mas não me importei com aqueles estúpidos. Tatiana aproveitou para sentar ao meu lado e dizer que eles eram uns idiotas. Eu me limitei a balançar a cabeça de forma afirmativa.

Não consegui prestar atenção em nenhuma palavra do professor palestrante. Saí antes mesmo de terminar o período de aula. Estacionei o furgão bem ao lado da entrada da estufa e fui conferir como estavam minhas flores. Talvez elas precisassem de mais adubo. Peguei a tesoura de jardinagem e plantei novas mudas em outros vasos.

Já fazia quase uma hora que eu retornara. Escutei um barulho atrás de mim. A porta de metal rangeu. Olhei sobre o ombro e vi Tatiana. Ela deu um sorriso tímido. Era uma mulher bonita. Logo justificou sua vinda, dizendo que tinha ficado muito preocupada

DUDA FALCÃO

comigo. Queria saber como eu estava, porque eu tinha saído mais cedo da aula e não frequentava regularmente o campus. *Disse-me que eu perderia a bolsa. Sem dizer nada, eu apenas a escutava, tendo uma única ideia na cabeça.*

Talvez ela tenha pensado que eu quisesse beijá-la quando me aproximei. O único beijo que sentiu foi o da morte. A tesoura de jardinagem não era a melhor para o serviço. Mas se mostrou afiada o suficiente para penetrar no corpo da estudante. As novas mudas que preparei receberam carne fresca e nova naquela noite. O restante, eu guardei em pacotes de plástico na geladeira. Teria um ótimo estoque para os próximos dias. Peguei na bolsa de Tatiana a chave do carro dela. Dirigi o automóvel por um caminho plano até escondê-lo na mata.

20 de agosto – Quinta-feira

Esse foi um dia de limpeza. Lavei e depois sequei o piso da estufa. Havia sangue por todos os lados. Demorei toda a manhã e mais o início da tarde para deixar tudo impecável. Depois, reuni folhas, galhos e terra para tapar o carro da garota. Terminei minha tarefa de noite. Exaurido, ainda encontrei forças para averiguar as "sonhadoras". Imaginei que em menos de vinte e quatro horas eu teria a oportunidade de viajar outra vez.

21 de agosto – Sexta-feira

Decidi aumentar a dose. Decantei doze pétalas de uma única vez (vale lembrar que hoje já é segunda-feira, dia em que estou consciente

e escrevendo esse relato). Dessa vez, antes de aplicar a injeção, eu me deitei confortavelmente no sofá da sala. Passei por aqueles mesmos sintomas anteriores relatados: náusea, convulsões, vômito e paralisia seguida de um escurecimento total da visão. Começava a me acostumar com aquelas sensações desagradáveis que antecediam a viagem.

Despertei dentro de uma edificação. Nunca vira nada igual. Dizer que parecia uma igreja gótica é somente para poder caracterizá-la de alguma maneira. Seu interior era amplo, com um diâmetro considerável em forma de cone. Possuía colunatas internas de altura incrível. Cento e cinquenta metros? Duzentos metros? Não sei mensurar. Mas se eu estivesse lá em cima, certamente sentiria vertigem. No centro exato do cone, havia o familiar obelisco. Feito de material diferente dos outros. Parecia mais um espelho refratário composto de dezenas de cores. Algumas delas eu não saberia nem mesmo definir.

Atrás de mim, a dezenas de metros, portas gigantes de metal se abriram. Uma luz ofuscante entrou no recinto, acompanhada de coisas que eu não saberia descrever ou identificar. Criaturas impossíveis de imaginar. Doía só de olhar para elas. Esmagaram minha mente, distorcendo-a e dilacerando-a. Perdendo o equilíbrio, caí. Arrastei-me como um inseto, buscando a segurança do obelisco. Quando eu tocara os outros dois, as viagens se encerraram. Abracei-o na esperança de escapar.

24 de agosto – Segunda-feira

Acordei no domingo e permaneci o dia inteiro em estado catatônico. Descobri somente hoje que a segunda-feira era segunda-feira. Caminhei até o espelho e percebi a coisa que agora eu começava a me tornar. Em minha pele, encontrei os fungos enviados do espaço pelo poderoso criador Yog-Sothoth. Eles eram como agentes de viagem. Em seu DNA, havia arquivos capazes de revelar a memória do universo. Em troca, exigiam viver em um hospedeiro para se comunicar. As "sonhadoras" viviam em perfeita simbiose com o fungo que se adaptara a elas.

Os fungos também teriam se adaptado aos bugios que haviam me enfrentado? E os seres humanos? Será que alguém já tinha se adaptado ao seu convívio? Minha mente e meu corpo seriam capazes de suportar tal revelação e conhecimento? Fui até a geladeira e me alimentei da carne crua que eu guardara. Precisava restabelecer minhas forças para novas experiências.

Sábado?

Não imaginava que as coisas chegariam a esse ponto. Cada vez que eu viajo, menos tenho interesse no mundo terreno. Menos consigo focar minha mente. Faz dias que não escrevo. Hoje está sendo um verdadeiro esforço realizar anotações. Talvez minha letra esteja irreconhecível. Tenho visões perturbadoras, horríveis e, ao mesmo tempo, maravilhosas...

O professor fechou o diário. Nada mais fora escrito depois daquelas derradeiras palavras de profunda insanidade. Agora entendia por que não identificou de imediato as inúmeras violetas que ocupavam a estufa por todos os lados: em vasos que se espalhavam pelas bancadas, pelas prateleiras e até mesmo no chão. Tratava-se de uma espécie de planta alucinógena não catalogada.

Só podia ser. William West viera por causa dela ao Brasil. Pretendia contrabandear a "sonhadora". De certo a utilizaria para criar algum medicamento e vender para a indústria de remédios. Mas não contava com a capacidade de destruição da droga. Tornara-se um viciado, louco e assassino. Precisava alertar as autoridades. O pôr do sol já cedia lugar para uma noite clara de lua cheia.

Quando o professor se levantou da cadeira pronto para partir, viu a coisa sob a soleira da porta. Aquilo era a paródia de algo que algum dia fora humano. Os olhos injetados de raiva, como um animal. A pele repleta de uma casca viscosa cinza-azulada.

Os cabelos loiros de West quase não existiam mais sobre a cabeça. Somente alguns fiapos desgrenhados. Furúnculos, como pequenas crateras de sangue e pus, despontavam nos braços, nas pernas, nas coxas e na barriga. Parecia respirar com dificuldade pela boca mole e quase desprovida de dentes. Nem mesmo usava mais roupas. Estava nu. Um verdadeiro arremedo do *Homo sapiens*.

Horrorizado, o catedrático tentou fugir pela porta, mas foi agarrado por West, que o perfurou no abdômen, com uma faca de açougueiro, uma, duas, três, quatro, cinco vezes. Ricardo Silva implorou para que a coisa parasse. Mas o estudante vindo de Arkham dizia em tom monótono: *os fungos precisam de carne, professor! Carne!*

PELÍCULA FANTASMA

Um homem com pinta de galã e uma mulher com curvas de modelo recebiam os convidados na porta do antigo cinema. Um prédio construído no início do século XX e que fora restaurado recentemente. Tratava-se de uma sala de exibição com capacidade para cento e vinte pessoas. Naquela noite, estaria quase lotada, em uma sessão especial, reservada para o cineasta, o produtor, os atores, os figurinistas, os assistentes de câmera, o técnico de som, os músicos, o cenógrafo e afins, incluindo alguns agregados, como a esposa do diretor do filme.

Os convidados se cumprimentavam no saguão antes de entrar na sala de projeção. Entre os comentários, o que mais se escutava eram os elogios ao trabalho do diretor. Era possível observar alguns garçons circulando pelo local — quando acabasse o filme, aconteceria um coquetel regado a espumantes, drinques e salgados sofisticados, encomendados em uma confeitaria *gourmet*.

Uma garota conduziu os retardatários, que ainda conversavam na antessala, para que ocupassem seus lugares. Assim que todos se acomodaram nas poltronas, as portas foram fechadas. As luzes se apagaram. A esposa do diretor disse em seu ouvido para que ficasse calmo. Que podia parar de balançar a perna direita.

Parecia um doente afetado pelo mal de Parkinson. Ele limpou com um pano branco o suor que escorrera da testa.

Na tela surgiram imagens geométricas e coloridas que faziam referência à arte *pop*. Começou a tocar uma música que lembrava David Bowie, mas não era. Os direitos autorais para adquirir canções de estrelas não cabiam no orçamento do produtor. Foi mais viável financeiramente contratar uma banda local, sem renome, para executar a trilha.

A bateria, a guitarra, o baixo e o vocal, aos poucos, começam a ceder espaço para os sons de uma metrópole movimentada. A câmera mostra o alto de uma avenida repleta de carros, na hora do *rush*. O espectador acompanha o deslocamento da imagem até chegar ao interior de um automóvel surrado, típico dos anos oitenta. Lá dentro, duas pessoas discutem enquanto o sinal não abre.

A mulher está no banco do carona. Diz que não quer mais nada com o sujeito. Que não o ama mais. Abre a porta e sai. O *close* mostra o homem com os olhos cheios de lágrimas. Sua dor é interrompida pelas buzinas. O trânsito tem de continuar. Ele acelera e pega uma rua lateral, tentando fugir do caos de veículos intermináveis. A câmera não o abandona. O público fica com ele no interior do carro, espiando sua dor, observando o seu desamparo.

As luzes de emergência do cinema piscam. Alguns convidados ficam inquietos. O protagonista do filme se inclina para pegar algo no porta-luvas. Nesse momento, ocorre um acidente. Um ou dois segundos de descuido pela perda da mulher que amava foram suficientes para que entrasse na pista contrária. A força do efeito sonoro na cena gera um belo susto no público. O diretor sorri.

A tela fica negra. Ouve-se o barulho de sirenes. Quando a imagem retorna, o que se vê é um grupo de enfermeiros empurrando o acidentado sobre uma maca. A câmera focaliza o rosto do ator com uma máscara de oxigênio. Entram em uma sala de cirurgia, quase na penumbra, não fosse por lâmpadas fluorescentes brancas que piscam no teto. Dentro do cinema, as luzes de emergência voltam a piscar no tom de um vermelho inquietante. Não é possível escutar o que os enfermeiros estão dizendo, devido a um barulho de estática. O técnico de som se movimenta em sua cadeira, sentindo-se um pouco desconfortável. Perguntava-se o que teria saído errado. Tinha trabalhado horas a fio inspecionando e revisando cada detalhe do áudio.

Um dos enfermeiros se aproxima do acidentado e retira sua máscara. O ator na primeira fileira se surpreende ao não se reconhecer. Não é mais ele quem está lá. Fora substituído, mas como? Lembrava-se de ter interpretado cada cena. Quem ocupava o seu lugar na película?

O diretor, no entanto, não tem dificuldades em identificar o intruso. Seus olhos custam em acreditar no que vê. O roteirista. Sim, sem dúvida é ele. Até aquele ponto, o filme ainda pôde ser reconhecido pelos que nele trabalharam. Uma névoa sutil, que ninguém percebe, começa a inundar a sala até a altura das canelas de todos os presentes.

Mais um corte na cena. Aparece um cemitério no telão.

O diretor levanta do seu assento e se vira na direção da cabine do operador. Insulta Deus e o mundo querendo saber o que está acontecendo. *Quem é o filho da mãe que tá sabotando o meu filme? Eu nunca filmei um cemitério!* Pela janelinha, no

fundo da sala de cinema, pode-se ver apenas o facho de luz do projetor.

Os convidados, a essa altura, já se manifestam, também agitados. Ninguém sabe o que está ocorrendo. Boa parte começa a se erguer das poltronas. O diretor, com passos largos e decididos, se dirige à saída. Tenta abrir a porta e não consegue. Supôs que tivesse usado pouca força, então, empurra com mais energia. Sem sucesso, decide usar o ombro, jogando-se contra ela. Nada. Não se desloca nenhum centímetro. Outras pessoas se aproximam do diretor e tentam ajudá-lo. A porta parece intransponível. O alvoroço no cinema agora é geral. A maior parte, nesse instante, está de costas para a tela desejando sair. No entanto, um ou outro sujeito permanece vidrado olhando para a projeção. Uma mulher grita e aponta para a nova imagem que surge. Como se ocorresse uma troca de canal em uma televisão de válvulas com sintonia ruim, o cemitério instantaneamente dá lugar a um mausoléu em primeiro plano.

O diretor olha para a nova imagem e sua irritação aumenta. Quem seria capaz de tamanha afronta, de destruir seu filme, de aniquilar a sua reputação? O cineasta, inconformado, se justifica com o público dizendo que *o filme não é assim, não é a minha película, isso não passa de um embuste, é uma sabotagem.* Alguns dos atores se acusam mutuamente, o técnico de som diz que *só pode ser treta do Armando,* o produtor aponta como culpado o figurinista, que, por sua vez, aproveita para insultá-lo. O caos se instaura na sala.

Bufando, o diretor vai até a janela da cabine do operador. Só então percebe que a janela está menor: circular e com tamanho

DUDA FALCÃO

suficiente apenas para passar a projeção. Aos berros, chama o operador pelo nome. Não há resposta.

Tenta olhar para dentro da cabine. Mas é impossível, devido à luz que transborda de seu interior. Pede silêncio para os que estão a sua volta. Cola o ouvido na parede e escuta o barulho da rotação do filme na máquina.

Vários convidados têm a ideia de pegar o celular e realizar ligações. Todas as tentativas falham. Não é possível completar chamadas. Alguns relatam seu insucesso para os outros. O clima de preocupação aumenta. Os convidados se sentem como verdadeiros prisioneiros. Para aumentar a tensão, as luzes de emergência se apagam. Na tela, a câmera se aproxima de forma rápida, sobrenatural, até a porta do mausoléu, que se abre para um ambiente de treva absoluta.

Uma mulher pega o celular e o liga para obter um pouco de luz. Outros fazem o mesmo e constatam que não estão mais no cinema. Estão todos muito próximos uns dos outros em um local insalubre, com paredes de tijolos fedendo a mofo, teias de aranha no teto e muita poeira. Depois de alguns segundos de silêncio pela surpresa, o sentimento que se destaca é o de apreensão e, por consequência, o medo profundo que habita a alma de cada um dos presentes. A maioria treme por não entender o que está acontecendo, outros soluçam irremediavelmente e alguns desmaiam por não conseguir encarar o desconhecido.

Uma das pessoas, impelida pela vontade de sair do local o quanto antes, segue por um corredor que ilumina com a luz do seu celular. Os outros o seguem acreditando que por ali possa haver uma saída.

O mesmo sujeito, ao perceber que é seguido pelos outros, vira-se para o grupo e diz em um tom soturno que *o que está acontecendo é obra do roteirista.* O cinegrafista pergunta *o que você quer dizer com isso?* Ele responde sem pestanejar, olhos arregalados, preocupado, *eu li esse roteiro, está acontecendo cada passo do que foi escrito. Impossível,* diz um terceiro, intrometendo-se na conversa. *Você acha mesmo? Não é impossível termos deixado o cinema de um instante para o outro feito passe de mágica? O diretor nunca aprovou as ideias do roteirista. Sempre mudava o que ele escrevia e, no final, dizia que tinha pensado em tudo sozinho. Eu sei o quanto os dois se odiavam.* O diretor manifestou sua indignação dizendo que *o momento não é propício para falar de um sujeito que já morreu. Isso é irrelevante!* Uma atriz perguntou *o que você disse? Pensei apenas que ele tivesse se mudado. Você mesmo comentou que ele tinha voltado para o interior, para a casa dos pais. Como pode afirmar que está morto?* O diretor esbravejou *o que importa isso agora? Ele era um bastardo ignorante. Sem nenhum valor!* Bateu no próprio peito, *eu sou o criador do filme.* O diretor parecia absorvido por uma insanidade antes não revelada. *Vocês nunca se deram bem,* o técnico de som o acusou, *fazia questão que ele sempre fosse esquecido. Aposto que seria capaz de matá-lo!*

O diretor avança sobre o homem e começa uma briga de socos sem perícia que logo acaba apartada pelo grupo. Um indivíduo da produção diz que *isso não deve ser problema para resolver agora. Acalmem-se! Precisamos sair desse lugar. Estamos presos e posso apostar que fomos aprisionados por algum sujeito vingativo. Por enquanto a identidade do criminoso não nos importa.* O roteirista era prestidigitador, quem poderia dizer se não sabia alguma técnica incrível de ilusionismo capaz de fazê-los pensar que tinham sido removidos do cinema? A razão começa a deixar os ânimos menos inflamados.

O grupo começa a caminhar pelo corredor apertado, guiado pelas luzes de diversos aparelhos celulares. Mesmo que por um momento a razão tenha voltado, o escuro e o confinamento deixam os nervos de qualquer um à flor da pele. O movimento de algo se arrastando nas trevas, como se carregasse correntes, às costas deles, faz com que comecem a correr em desespero. Logo podem escutar, a poucos metros de si, um grunhido e, quem sabe, dentes mastigando as pessoas que ficaram para trás. Quem ainda está em pé corre, sem se importar se está passando por cima dos outros, pois alguns caem na fuga. Naquele turbilhão de acontecimentos rápidos, é impossível manter celulares ligados ou mesmo à mão. Os que conseguem, dirigem-se atabalhoadamente para o final do corredor e, ao encontrarem-se livres, percebem que estão em um cemitério.

No cinema, o filme mostra um bando de cadáveres cambaleantes, feito zumbis, saindo do mausoléu. Os monstros trôpegos caminham em direção ao espectador. A luz de projeção é interrompida, depois retorna. As criaturas estão em primeiro plano. Mais uma vez a projeção se apaga para voltar com os mortos-vivos em *close* dominando a tela, prontos para invadir o mundo real. O filme se desprende do projetor com um barulho seco. A sala de projeção está vazia. Somente um fedor de carne podre infesta o ar.

In: *Uma Noite na Cinemateca*. São José dos Pinhais: Editora Estronho, 2015, p. 32-37.

PELÍCULA FANTASMA

SESSENTA ITENS PARA CRIAR UM GOLEM

Os últimos raios de sol entraram pelos vidros das duas janelas de um amplo sótão de um velho prédio no centro da cidade de Porto Alegre. Naquele lugar apinhado de pipetas, tubos de ensaio, elementos químicos, ferramentas de aspecto cirúrgico, tomos antigos e cheiro de mofo, havia um solitário morador. Ele aguardava o horário exato para recitar certas palavras de uma tradição arcaica e quase esquecida. Somente os letrados naquela linguagem hermética seriam capazes de compreendê-lo.

O escuro engoliu os resquícios do dia, envolvendo-o em noite. O sujeito, naquele instante em que as trevas avançaram sobre a luz, deixou que letras quase impronunciáveis escapassem da sua garganta com uma lamúria gutural. O piso de madeira, as janelas e os objetos nas estantes tremeram com o impacto daquele grave chamado.

Ele sentiu uma pontada nos pulmões e tossiu um pouco de sangue, que foi parar em sua bancada de trabalho e nos pés da sua mais nova criação. Pegou um lenço que guardava no bolso do casaco de lã. Fazia frio. A cidade estava gelada naquele inverno como há bastante tempo não se via. Limpou o sangue dos lábios e largou o pano dobrado ao lado do boneco. Ainda nenhum sinal.

Tinha feito tudo certo. Não podia ter errado dessa vez. Se o seu adversário soubesse de outro fracasso, seria difamado entre os poucos colegas que existiam na região.

— Mexa-se! — ordenou em alto e bom som.

Como se a voz do homem fosse um bálsamo, veio a resposta em um movimento lento. O único olho do boneco se abriu. Ficava bem no meio da testa. Era algo bem tosco, não tinha sido feito por artesão de primeira linha.

Para testar a visão da coisa, colocou o dedo indicador diante daquela íris de aspecto perspicaz. Cada movimento da mão do sujeito era acompanhado pelo olho atento e rápido. Uma risada de euforia preencheu o ambiente. Se alguém escutasse o sujeito, não hesitaria em dizer que ele estava louco ou entorpecido por alguma droga alucinógena. Quando o homem se recompôs, ajeitou o topete de cabelos negros e desgrenhados. Ainda era jovem. Quarenta anos e já conseguira tal façanha. Suas experimentações anteriores sempre foram com poucas peças, o que gerava mecanismos precários.

— Enxerga. Disso podemos ter certeza. O que mais você consegue fazer? Levante a mão.

O boneco movimentou o braço com um pouco de dificuldade. Seu único olho piscava como se estivesse surpreso por tal façanha.

— Você é maravilhoso!

A coisa movimentou o queixo e estalou a língua na tentativa de pronunciar algo. O homem foi pego de súbito com aquela reação. Pode-se dizer que levou um susto.

— Minha criança, você recém deu seu primeiro suspiro de vida e já quer falar. Tenha paciência! O cérebro que eu implantei em sua cabeça oca de metal logo dará uma resposta. Fique em pé.

Ao ouvir a ordem, não teve dúvida. Tentou levantar-se da bancada em que estava sentado. As engrenagens das juntas rangeram. Não pareciam suficientemente fortes.

— Espere um pouco...

O alquimista pegou um lubrificador e derramou um líquido cor de mercúrio sobre todas as dobradiças e juntas do boneco de cobre.

— Veja se não ficou melhor.

Pretendia fazer o que aquele sujeito mandava, ao menos por enquanto. Era como se as ordens dele tivessem um poder invisível sobre a sua vontade. Mais uma vez, tentou levantar. Dessa vez conseguiu.

— Surpreendente. Você é mesmo o mais complexo que eu já fiz. Seus movimentos são delicados como nenhum outro. Poderia ser uma bailarina — sua risada mais uma vez foi insana.

Esfregando uma mão na outra, o sujeito transbordava excitação.

— Sua visão parece ótima, sua audição e movimentos também. Ah, se soubesse o trabalho que eu tive para lhe conceder o sopro da vida, sua gratidão seria eterna!

— E... o... que foi... que você... fez?

O homem tentou não parecer deslumbrado diante do seu sucesso.

— Tinha convicção de que a língua de barítono e a corda de aço que liguei ao seu único pulmão artificial logo permitiriam que você falasse.

SESSENTA ITENS PARA CRIAR UM GOLEM

— Língua de barítono... Corda de aço... Pulmão artificial... O... que sou... eu?

— Uma pergunta de cada vez. Observe todo o meu esforço... Eu mesmo esculpi as partes do seu corpo em cobre. Como primeiro item, moldei o seu tronco; o segundo e o terceiro foram os pés; o quarto e o quinto, tornozelos, que se articulam perfeitamente com o sexto e o sétimo, suas firmes pernas; o oitavo e o nono, joelhos que permitirão boa movimentação; décimo e décimo primeiro, coxas grossas para sustentar o peso; décimo segundo e décimo terceiro, braços; décimo quarto e décimo quinto, cotovelos; décimo sexto e décimo sétimo, antebraços; décimo oitavo, quadris; décimo nono, um queixo articulado com sua cabeça oca de metal... Para preencher o espaço vazio, inseri o cérebro de um conceituado matemático. Você não imagina o esforço que foi para obtê-lo. Esse nós podemos contar como o vigésimo.

O boneco piscou o olho demonstrando certa admiração pelo discurso do sujeito.

— Para que o processo alquímico funcionasse, eu precisava realizar uma fusão perfeita do metal com o orgânico. Por isso, você foi feito com cuidado. Selecionei as melhores peças para montá-lo. Você é assunto sério para mim. Dessa maneira, procurei pelo melhor. Lembro da noite em que invadi o cemitério municipal para obter a mão direita de um cirurgião. Teve também a madrugada em que eu consegui a mão de um assassino serial canhoto. Uma raridade, você pode acreditar. Cavar buracos para abrir túmulos não é nada fácil. Fiquei durante dias com dores nas costas. Mas não sou sujeito de lamentações, não precisa se preocupar.

DUDA FALCÃO

O alquimista falava quase sem dar pausa para respiração. Estava animado como nunca.

— O pescoço não teve nada de especial. É somente uma mola. Não precisa bater palmas por isso. A língua é de um cantor. Veja bem, de um homem, pois tagarelam menos do que as mulheres.

— Você... é... homem ou mulher?

— É evidente que sou homem!

— Então... as mulheres... falam ainda mais do que você? — o boneco de cobre parecia alarmado.

— Por que o interesse repentino por homens e mulheres, seu capetinha? Eu fiz você assexuado, para que não tenha os problemas que afligem os seres humanos. Vamos em frente... Não me faça perder o fio da meada. Instalei em você uma corda de aço conectada à língua e ao pulmão para facilitar a vibração da sua fala mecânica. Vinte e quatro itens mais dois, aço e pulmão, igual a vinte e seis. Está acompanhando?

O boneco balançou a cabeça afirmativamente.

— O que mais falta eu enumerar? — o alquimista perguntou para si mesmo. — Ah, o olho! O olho eu consegui de uma pessoa viva. Acompanhando o jornal, fiquei sabendo que o principal artista plástico do país estava visitando a cidade para divulgar uma exposição. Feito um bom detetive, descobri onde ele se hospedara. Por sorte, não ficou em um hotel. Seria difícil de burlar a segurança. Mas o sujeito, imprudentemente, decidira passar uns dias na casa de um amigo. Pessoas famosas deveriam ter mais seguranças ao seu lado. Você não acha? — como não obtive resposta, continuou. — Invadi a propriedade sem maiores dificuldades durante a madrugada. Droguei o artista enquanto dormia e extraí o olho. Tenho de me gabar dizendo que realizei um trabalho limpo, com pouca perda de sangue. Costurei o corte com maestria. Se ele seguiu minhas instruções no bilhete que deixei, deve ter se recuperado logo e sem nenhuma infecção. Indiquei os horários certinhos de quando deveria tomar os antibióticos e anti-inflamatórios que eu deixara ao lado da cama. O olho de um artista, você perceberá, é especial.

O homem parou de falar por um momento e bebeu um gole de café frio de uma xícara que deixara sobre a bancada de trabalho.

— Você acha que poderia se movimentar sem lubrificante? Pois bem! Não poderia. Como você não é produto somente da ciência, mas também de rituais antigos e profanos, precisei arranjar o sangue de uma virgem. Mais um material raro da nossa lista. Tenho litros dele. Sempre que precisar, lubrificaremos suas peças.

— Como você obteve o sangue?

— Oh, percebo que você já está falando sem aquelas pausas chatas. Isso é ótimo. Qual foi a sua pergunta mesmo? Ah, o sangue da virgem! Você se importa se eu não falar sobre isso? Nesse caso, em particular, a minha selvageria ultrapassou os limites do bom senso. Por isso, prefiro não contar. Para finalizar minha obra-prima, nesse caso, você, eu o equipei com trinta e dois dentes afiados de ferro. Quantos itens foram necessários para construí-lo? Quantos? Responda sem titubear.

— Sessenta.

— Cérebro de matemático não erra.

— Em suma. Posso concluir então que sou um matemático?

O alquimista coçou o queixo, demorando alguns segundos para responder.

— Veja... Não é bem assim. Você é uma reunião de todos os itens que eu coletei e forjei para construí-lo.

Para a admiração do engenheiro-feiticeiro, o golem começou a cantar o trecho de uma ópera famosa. Os olhos do homem se encheram de lágrimas diante de tamanha perfeição. Abraçou o boneco de cobre como se fosse um filho. Em seguida, sentiu uma dor lancinante penetrar-lhe entre as costelas. Afastando-se do constructo, percebeu que em seu peito estava cravada uma longa chave de fenda até o cabo. O danado era forte também.

— Pela sua lógica, posso concluir que, além de matemático e cantor sou assassino — a mão esquerda do boneco apresentava considerável quantidade de sangue.

O golem pegou uma tesoura de cima da bancada e pulou sobre o alquimista, derrubando-o. Deitado sobre o peito do homem, mirava a ponta da ferramenta de ferro para a órbita ocular arregalada do sujeito, que não apresentava forças para reagir.

— Sou também cirurgião. Acredito que com a direita posso fazer um bom trabalho com o seu olho. Prefiro ter dois a apenas um.

Um grito de horror se espalhou pelo laboratório. Mas não durou mais do que alguns segundos, sendo abafado pela morte redentora.

In: *Tu Frankenstein III*. Porto Alegre: Besouro Box, 2015, p. 33-40.

SESSENTA ITENS PARA CRIAR UM GOLEM

ETERNA LUA CHEIA

1. Oferenda

Dor. Dor intensa. Rompeu pele, alongou ossos, rasgou gengivas para que despontassem dentes alvos, garras expulsaram unhas frágeis, pelos grossos o protegeram do frio, enfim, nasceu. Uma doença sem cura expelida do interior de alguém.

Esperneava e contraía os músculos como um epilético ou como um louco levando choques em uma cama qualquer de hospício. Sentia, em seu corpo imaculado, a geada úmida acumulada sobre a terra e o capim baixo. Durante certo tempo, a agonia fora sua única consciência. Quando o fogo que parecia arder em seu interior amenizou, conseguiu se erguer nas patas traseiras. Então, teve um pouco de alento, quase brotaram lágrimas de seus olhos avermelhados ao ver a beleza daquela coisa prateada, um disco exposto no céu limpo e repleto de estrelas. Não sabia como, mas no fundo de seu espírito, soube que se chamava Lua. Uma deusa para ser venerada. A coisa mais linda que habitava no centro da noite. Por instinto, como um brado, um verdadeiro culto de admiração deixou que de suas poderosas cordas vocais brotasse um uivo dissonante. O seu primeiro gesto de amor. Sentiu o próprio peito vibrar com

a intensidade do som grave e cavernoso. Em seguida, lambeu os beiços com sua língua áspera e farejou o ar com seu focinho longo.

Era como se tudo o que estivesse vendo fosse contemplado pela primeira vez. No entanto, em seu íntimo, de alguma forma sabia que já conhecia todo aquele mundo — o ar puro que respirava do campo era algo do seu cotidiano, a plantação de arroz, um local familiar, a cabana que enxergava mais adiante, um refúgio. Porém, quando tentava pensar para organizar as ideias, orientar-se, tudo acabava ofuscado pela luz que vinha do alto.

Os sentidos dispararam. Sentiu um perfume trazido pelo vento. Um cheiro irresistível. Vinha de longe. Agitou as narinas procurando pela coisa que o inebriava. Sem saber se estava longe ou perto, começou a correr. As quatro patas pisaram o campo e, com rapidez, correu na direção que o olfato indicava. A luz de prata que incidia sobre o seu corpo parecia energizá-lo — pulmões a pleno vapor, sangue quente correndo em suas veias, pupilas dilatadas absorvendo a paisagem ao redor.

Correu sobre um terreno firme, depois sobre um charco. Via a lua refletida no banhado incentivando-o a encontrar aquele odor. Alguns minutos depois, chegou diante de um casebre. A coisa que o deixava salivando estava lá dentro. Tinha certeza disso. Começou a rondar a habitação. Quando chegou ao lado da casa, encontrou um cão. O animal, preso em uma corrente, recuou ao vê-lo e ganiu desesperado. Galinhas em um galinheiro próximo dali se agitaram, cacarejando e batendo as asas atrofiadas.

Aqueles animais eram uma curiosidade para ele, exalavam medo por seus poros, podia sentir isso. Ao se aproximar da frente da casa, ouviu uma pergunta, quase um berro:

— Quem está aí?

Aquelas palavras significavam algo, mas não sabia exatamente o quê. Rosnou como se fosse uma resposta. Lá dentro, agora, somente o silêncio. Resolveu rosnar de novo. Dessa vez, com maior intensidade e vigor. A porta foi aberta. Era um homem. Sim, ele já tinha visto aquele sujeito antes. Gordo, careca e de bigode. Cheirava mal. Percebeu o susto no rosto dele, uma espécie de perplexidade também. Carregava nas mãos uma espingarda. Apertou o gatilho mais de uma vez, disparando em sua direção. Os tiros ecoaram pelo campo, acertaram-no e queimaram como fogo. Mais uma vez, a dor. Não tão intensa como aquela, da hora em que nascera para o mundo, mas forte o suficiente para fazê-lo uivar de raiva. Nisso, uma mulher surgira atrás do homem para ver o que estava acontecendo. Ela gritou de pavor ao vê-lo pousar os olhos, acesos de uma chama voluptuosa, sobre o seu corpo, que emanava um perfume inebriante.

Logo percebeu que os projéteis haviam perfurado o seu corpo peludo, fazendo-o derramar um pouco de sangue. Sentiu que de alguma maneira as balas foram expelidas de seu interior enquanto as feridas se fechavam como em um passe de mágica. Começou a se aproximar ameaçadoramente do seu agressor, sem pressa. Com calma, diminuía a distância, passo a passo, estudando o inimigo.

O sujeito, desesperado, engatilhou a arma e acionou o gatilho mais e mais vezes. Acertava sempre, tinha boa mira. Cada bala fazia a criatura gemer e parar durante um ou dois segundos. Logo que se recuperava, continuava a marcha na direção da porta. Quando as balas da espingarda acabaram, o homem a arremessou

ETERNA LUA CHEIA

contra o horroroso visitante de quatro patas e fechou a porta praguejando.

Então, a fera, a coisa que se tornara, se jogou contra a porta. O peso do seu corpo foi suficiente para fazer a madeira envergar e algumas tábuas quebrarem. Farejou. Ela ainda estava lá dentro. Insistiu. Não viera até ali para ir embora sem sentir de perto aquele cheiro tão marcante. Mais uma vez pulou de encontro à porta, que dessa vez não resistiu, estatelando-se contra o chão. Os gritos do homem e da mulher aumentaram em desespero. Os dois se encolhiam em um canto da humilde sala. Ele se aproximou pata após pata. Os olhos ferozes, ao mesmo tempo, de volúpia e voracidade.

Cravou os dentes na perna do homem e sacudiu o corpo como se fosse um boneco de pano, arremessando-o contra a parede de madeira. Escutou os ossos estalarem. O pescoço quebrado deixara a cabeça pendendo estranhamente para o lado. A mulher berrando e chorando se levantara, naquele instante, numa tentativa de fuga. Tivera tempo de sair pela porta, mas logo foi derrubada pelo invasor. Pôde sentir o bafo quente e malcheiroso da coisa, as patas pesadas sobre as suas costas e a dor do impacto.

O perfume, sim, aquele perfume, era de encantar qualquer um. O perfume de uma fêmea. Seria o presente perfeito para a lua cheia que o energizava. Mordeu. Dilacerou. Comeu aquela carne tenra. Aquela era a sua primeira oferenda à deusa que testemunhara seu nascimento. Uma verdadeira homenagem à força que a sua luz prateada concedia.

O gosto de sangue e o perfume do sexo, somados ao suor, impregnados de medo da vítima, entorpeceram a criatura.

Encheram-no de prazer e de vida. Soube, desde aquele instante, que poderia cultuar a deusa prateada do céu lhe presenteando com oferendas, durante toda a existência. Extasiado, depois do que acreditara ser um culto sofisticado de veneração e idolatria, correu sem direção pelos campos até que perdeu a consciência, entrando em um estado de torpor, uma espécie de hibernação.

2. Pesadelo

Na mão, uma enxada. Preparava a terra. Era uma horta. Apenas com algumas verduras básicas. Não comia carne, mantinha-se com o mínimo. Fazia pouco, a esposa havia falecido. Morrera no momento do parto junto com o bebê, aquele que seria o primeiro filho. Estava cansado de viver. Não via sentido na vida. Desistira de investir nos negócios, em sua plantação de arroz.

Apenas os remédios que ingeria para dormir e amenizar a depressão o ajudavam a combater a infelicidade crescente que o abatia. As pílulas haviam acabado. Precisava ir até a cidade para comprar mais. Numa manhã qualquer, tivera um estado repentino de esquecimento. Acordara com o sol a pino sobre o corpo nu, na frente da própria casa. Associou ao fato de não ter se medicado adequadamente. Por isso, aumentara a dose, consumindo com todas as cartelas de drogas que tinha.

Cada vez via menos a luz do sol. Preferia ficar acordado muito tempo durante a noite e dormir mais de dia. Parecia que nesse novo ritmo poderia aguentar as perdas que tivera. Vivia sem sonhos. Um homem sozinho e amargurado, que tinha

pesadelos bem reais — imagens da lua vertendo sangue e de um lobo gigante dilacerador de carne humana.

3. Pele

Despertou com um uivo ensurdecedor. O seu próprio uivo. Se pudesse acabar com o pesadelo que havia invadido sua mente, ele o faria. Começaria matando o homem que insistia em aparecer durante seu estado de torpor e de inconsciência. Mas era impossível eliminar o que não existia. Somente ele era real. Um seguidor fiel da lua. O amante que sempre dava presentes. Continuaria derramando, em sua homenagem, sangue selecionado, sempre o líquido quente das vítimas de feromônio mais balsâmico.

Lá estava ela, no firmamento, como sempre, acima de qualquer um. Maravilhosa e imponente. Um círculo de prata guiando os seus passos, iluminando sua existência de instintos primais. Farejou o ar como costumava fazer. Dessa vez, não teve certeza para qual destino deveria rumar. Detectou muitas criaturas que poderiam servir de oferenda a sua majestade. Percebeu de pronto que se encontrava em um lugar diferente. Não era o campo a que estava acostumado a percorrer, nem os charcos e nem as plantações. A luz elétrica tentava rivalizar a luz da lua. Logo lembrou, não sabia como, mas sua mente era capaz de saber informações que nunca tinha vivido, estava em uma cidade: Santa Maria.

Acordara em uma rua deserta. O vento criava pequenos redemoinhos levantando sujeira e plástico usado na calçada.

Olhou para os lados e viu no chão algo que parecia um casaco e um abrigo negro. Aproximou o focinho para cheirar. O odor era familiar. Olhou mais de perto. Não era um conjunto de roupa. Era a pele rasgada de um ser humano. Toda a pele. Pôde identificar as pernas, os braços, mãos e pés, mas estava vazia, como uma roupa rasgada que se joga na lata do lixo. Não havia nada dentro. Somente um pouco de sangue. O que a princípio achou que fosse um capuz, não era. Tratava-se de uma cabeça, de um rosto murcho, oco. Um rosto que ele conhecia. Era a face do homem que aparecia em seus pesadelos.

Ficou ali um tempo observando, até que a pele começou a se desintegrar, virando uma massa disforme. Antes que pudesse ter qualquer tipo de lembrança inconveniente, voltou a sentir essências que atraíam a sua atenção. O que importava para ele agora era o perfume que emanava da sua futura oferenda para a deusa prateada da noite. Percorreu ruas praticamente vazias, escondendo-se nas sombras dos prédios pouco iluminados. Evitou em seu caminho topar com outros seres humanos.

Finalmente, deparou-se com uma mansão e teve a certeza de que o perfume da vez vinha do seu interior. Pulou o muro da propriedade sem dificuldade. Com sua visão aguçada, foi fácil perceber que uma janela do segundo andar estava aberta. As garras eram como ganchos. Utilizou-se delas para escalar a parede e entrar na casa. Parou em uma biblioteca. Seguiu por um corredor e atingiu o aposento que recendia o aroma que o arrebatava. Abaixo dos lençóis, em uma cama, havia uma mulher dormindo. Antes mesmo que ela abrisse os olhos ao pressentir a presença do visitante, dentes sedentos já dilaceravam a sua jugular.

ETERNA LUA CHEIA

Inebriado de prazer, banqueteou-se até o fim. Foi embora bem antes do amanhecer. Costumava entrar numa espécie de torpor quando a lua começava a abandonar a noite.

4. Aprisionamento

Sonhou com o gosto em sua boca da última oferenda. Não tinha ideia de quanto tempo já havia passado desde a última vez que acordara. Mais uma vez abria as pálpebras. Nessa ocasião, não estava no campo, nem em uma cidade ou ao ar livre. Encontrava-se em uma sala escura. Somente uma janela deixava que ele pudesse vislumbrar a lua. Uivou. Pretendia sair dali, podia farejar os tão desejados aromas ao longe. Queria correr até eles. Porém, para sua surpresa, percebeu que fora preso. Quem teria tido tamanha audácia? Suas patas estavam algemadas e acorrentadas ao chão. Rosnou e se debateu, mas não conseguia se libertar.

Viu caída ao seu lado, mais uma vez, aquela pele murcha, aquele rosto vazio e bizarro de um homem. O seu rosto. O rosto do outro que habitava o mesmo corpo, a mesma alma bipartida. A face do sujeito infeliz que caminhava sob as leis do sol. Como se atrevera a fazer aquilo? Como ousava prendê-lo? Aquele homenzinho nunca fora nada além de um pesadelo vagando sob a face da terra. Nem de longe se comparava à imponência, à beleza da criatura de quatro patas que percorria a noite idolatrando a lua. Como podia se atrever? Como podia ter coragem de afrontá-lo? Essas perguntas ecoavam indignadas, com uivos inconformados, pelas paredes daquele quarto em forma de cela. Como se fosse homem, como se pudesse reconhecer a tramoia do seu declarado inimigo, viu uma chave ao seu alcance. Sim, era uma chave. Uma chave que poderia libertá-lo das algemas.

    Tentou agarrar sua liberdade com patas. Mas era impossível. Pensar e agir como homem não o salvaria do cárcere. Sem um polegar opositor estaria fadado a noites eternas de lua cheia vistas de uma prisão.

A IGREJA DA MEIA-NOITE

No stop signs, speed limit
Nobody's gonna slow me down
Like a wheel, gonna spin it
Nobody's gonna mess me 'round
Hey, Satan!
Payin' my dues
Playin' in a rockin' band
Hey mama! Look at me
I'm on my way to the promise land
I'm on the highway to hell
Highway to hell do álbum de mesmo nome – AC/DC – 1980.

A perseguição já durava mais de hora. Um dos seus parceiros agonizava no banco do carona. O outro jazia inerte com uma bala na testa. Despistara duas viaturas. Quando saíra da vista dos policiais, entrara em uma rua lateral, sem asfalto, repleta de barro. Deixara a estrada principal sem saber aonde estava se embrenhando. No desespero, pegara um caminho errado.

— Caralho! Vai mais devagar... Tá doendo pacas.

— Não vou deixar que nos peguem — foi enfático o motorista.

— De que adianta escapar se for pra morrer? — o sujeito tosse e acaba cuspindo um pouco de sangue.

— Relaxa. Continua pressionando o furo. Vamos encontrar alguém pra costurar isso aí.

— Prefiro me entregar. Olha o que os filhos da puta fizeram. Estouraram o melão do Manoel e eu tô com uma azeitona na barriga. Não dá pra relaxar.

— Pior é ficar reclamando! E vai tirando teu cavalinho da chuva. Não vamos nos entregar nem a pau. Lembra do que o Mano sempre falou?

— Lembro nada nessa hora, porra!

— Ele sempre disse que queria morrer na estrada. Desejo atendido.

— De verdade, ninguém quer morrer. Um sujeito só fala esse tipo de coisa para tirar onda. Mostrar que é o cara. Que não tem medo de nada.

— Ele era o próprio demo. Muda esse humor. Agora ele deve estar aproveitando um baile *funk* no inferno. O Mano mandou bala pra cima de muito porco nessa vida. É de se orgulhar. Com essa metranca distribuiu, sem dó, bilhetes só de ida pra terra do capeta. Acho que uns quatro policiais vão vestir paletó de madeira depois de terem topado conosco.

— Olhando por esse lado, não podemos negar que o cabra viveu uma vida de rei na favela. Foi feliz o merda.

— Assim que eu gosto de ver. Tá relaxando. A memória serve pra lembrar das coisas boas. Agora sossega o pito. Quero me concentrar na estrada — Mathias espanou uma mosca que zunia atrás do seu pescoço.

DUDA FALCÃO

O carona esboçou um sorriso parecendo conformado com a situação. Olhou pelo retrovisor e viu o companheiro morto. O corpo do homem estava de costas deitado sobre o banco estofado. Uma submetralhadora SMT .40 ainda permanecia presa às suas mãos. O vidro de trás do carro fora completamente estilhaçado. Por aquele vão endereçara uma série de balas contra a polícia. Tivera tempo de comemorar alguns projéteis certeiros nos sujeitos de farda. Mas sua vez também chegou quando uma bala perfurou, sem piedade, sua fronte tensa e enrugada.

O automóvel que Mathias dirigia não chegara a se tornar um queijo suíço, mas também levara uma carga forte de chumbo durante a perseguição.

— Que estrada do cão! Toda esburacada — observou Mathias. — Não sei se essa banheira vai aguentar o tranco.

— Depois sou eu que reclamo — o comparsa tosse mais uma vez. — Não tem viva alma aqui. Só plantações pra todo o lado que olho. Preciso de um médico logo.

Mathias trabalhara muitas vezes com Osvaldo em diversos tipos de delitos. Conhecia bem o parceiro. Passaram, inclusive, alguns meses na mesma cela. No cárcere, arquitetaram vários crimes. Quando começaram a cumprir o regime semiaberto aproveitaram para não voltar mais ao presídio. Desde aquele momento especializaram-se no assalto de caixas eletrônicos em cidadezinhas pequenas. Realizaram uma dezena de roubos correndo riscos mínimos. Poderiam se aposentar. Porém, como a cobiça e a adrenalina sempre acabavam falando mais alto, quando o dinheiro estava minguando, planejavam nova empreitada. No entanto, dessa vez, a inteligência policial funcionara conseguindo interceptá-los. Vinham sendo estudados pelos homens da lei ao longo dos meses.

Naquela noite, não tiveram tempo de arrombar o caixa com os costumeiros explosivos. Em alguns episódios, haviam perdido dinheiro incinerando-o descuidadamente. Mesmo esse fato não os desanimava, pois gostavam de pólvora nos dedos. Sabiam que esse tipo de atitude pouco racional intimidava seus perseguidores. No passado costumavam obter sucesso em suas ações. No entanto, a sorte deles mudara. Tornava-se claro para Mathias que perder Manoel não era prenúncio de coisa boa. O motorista escondia sua preocupação em relação ao ferimento de Osvaldo, que suava aos borbotões e respirava cada vez com mais dificuldade. Supôs que se o projétil tivesse atingido algum órgão vital o companheiro não resistiria muito mais tempo.

— Olha lá — apontou Osvaldo ainda demonstrando vitalidade.

Mathias enxergou um ponto de luminosidade mais adiante na estrada. Arriscou apagar os faróis. Não queria ser visto. Continuou rodando até que se aproximaram da entrada de uma fazenda. Havia uma porteira. Estava aberta. Mais ou menos a uns duzentos metros dali enxergaram um sobrado com uma pequena torre em seu centro. Da janela do tosco pináculo emanava a única luz acesa da habitação. Plantações de cana-de-açúcar acompanhavam a estrada de barro nos dois lados.

— Então... acho que é o melhor lugar por essas bandas que vamos encontrar.

— Duvido que aqui tenha algum médico. Se você tivesse entrado na estrada certa, o Tesoura podia me costurar num piscar de olhos — grunhiu Osvaldo, demonstrando dor e irritação.

— Um lugar desses deve ter no mínimo um veterinário.

— Vê se me respeita, porra. Não sou nenhum animal.

— Será melhor do que nada. Não sei quantos quilômetros levaríamos para chegar à cidade mais próxima. Estamos perdidos mesmo. Não sei onde termina essa passagem de fim de mundo. Não temos alternativa. Até uma costureira te serviria agora.

— Em que merda fomos nos meter, hein? — Osvaldo puxou do bolso uma carteira amassada de cigarro. Pegou um e o acendeu enquanto Mathias entrava com o carro na propriedade.

— Ao menos, se eu for desta pra outra, vou com fumaça nos pulmões e te levo junto comigo.

Mathias preferiu não retrucar o companheiro, evitando piorar a situação. Depois de algumas dezenas de metros entrou com o carro na plantação. Os pés de cana vergaram com o peso do automóvel. Ali ficaria oculto, longe do alcance de uma viatura que passasse na estrada. Era quase meia-noite quando olhou em seu relógio de pulso. Mesmo na era do celular ainda utilizava a tecnologia obsoleta. O importante para ele era o *status* de mostrar o objeto de ouro.

Antes de sair do carro, Mathias pegou mais munição embaixo do banco do motorista. Apenas para garantir. Consigo já carregava dois revólveres na cintura. Olhou para a submetralhadora cogitando pegá-la, mas seria mais um peso para levar. Teria de ajudar Osvaldo. Concluiu que não precisaria dela agora, contra uma família de agricultores. As armas que tinha certamente bastariam, caso fosse necessário.

Desceu do carro e foi apanhar o companheiro do outro lado. Abriu a porta para ele e o ajudou dando-lhe apoio para caminhar.

— Larga esse cigarro. Preciso que você se apoie em mim.

— Certo, chefia — Osvaldo deu mais uma tragada e apagou a bagana no painel do automóvel.

O comparsa apoiou-se com o braço esquerdo sobre os ombros de Mathias e, com a mão direita, tentava estancar o sangue que o abandonava. Os dois deixaram a plantação para seguir o trajeto de barro que conduzia à casa.

— Nunca vi um sobrado de fazenda com uma torre e um sino — comentou Osvaldo quando estavam mais próximos da construção de madeira.

— Isso parece do século passado. Esse pessoal do interior não conhece alvenaria.

Na torre, de mais ou menos dez metros de altura, destacava-se um sino, que podia ser visto por uma abertura quadrada bem no alto. Algumas telhas em seu cume estavam quebradas. A forte luminosidade que provinha de seu interior escapava por entre as frestas de tábuas empenadas.

— Se eu estivesse sentindo cheiro de fumaça poderia jurar que o local está pegando fogo. Luz do coisa-ruim! — Osvaldo sorriu para o companheiro. No entanto, sua fisionomia não escondia preocupação.

Os dois subiram seis degraus que rangeram sob o peso de suas passadas. Caminharam mais alguns passos por uma espécie de ponte de madeira até atingir a soleira da porta. Não escutavam nada vindo lá de dentro. Mathias bateu. Como ninguém o atendeu, insistiu utilizando mais força.

DUDA FALCÃO

— Precisamos de ajuda! Abram!

Sem resultado, Mathias chutou a porta na altura do trinco. Ela tremeu, mas não abriu.

— Droga. E agora?

— Vamos entrar por uma das janelas.

Havia apenas dois janelões. Um de cada lado da porta dupla.

Quando já se dirigiam para forçar uma delas, a voz de uma mulher os abordou. Provinha do interior da casa:

— O que querem?

— Precisamos de um médico. Meu amigo tá ferido.

— Não temos nenhum médico aqui.

— Qualquer ajuda será bem-vinda. Temos de estancar o sangue do ferimento.

Os bandidos ouviram alguns murmúrios atrás da porta. Pouco depois uma mulher a abriu. Vestia *jeans*, tênis surrados e uma camisa de mangas longas xadrez. Seus olhos eram azuis, a pele branca, os cabelos loiros e longos presos em rabo de cavalo. Atrás dela constataram outras pessoas. Cerca de trinta. Umas estavam em pé, próximas à mulher, outras se viraram para a dupla, permanecendo sentadas em bancos compridos.

Os visitantes entraram sem pedir licença, quase empurrando a mulher que os recebia. Encontravam-se em um salão amplo e quadrado. À direita havia um corredor e à esquerda, outro. Estavam vazios. Não tinham portas, apenas os dois janelões fechados vistos do exterior. Em frente seguia mais um corredor ocupado pelos assentos semelhantes aos das igrejas cristãs. No final desse corredor viram um grande crucifixo de madeira invertido. Aos

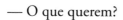

pés do objeto, em um altar, ardiam as chamas de velas negras. As paredes nuas davam um aspecto cru ao ambiente. Nelas podiam-se constatar duas janelas de cada lado. Permaneciam trancadas.

Acima das cabeças de Mathias e Osvaldo residia o sino de metal. Não havia como subir na torre. Nenhuma escada. Nenhuma corda. Era impossível dizer como emanava para o exterior uma luminosidade tão intensa, já que lá dentro as chamas das velas não eram muitas. Mathias preferiu não pensar sobre o local em que agora se encontravam. Seu interesse maior era ajudar o companheiro de empreitada.

— Linda do olho azul, me dá uma ajuda aqui. O Osvaldinho é pesado.

A mulher resolveu auxiliar. Mas antes fechou a porta. Os outros apenas olhavam sem interceder. Encostaram o baleado na porta acomodando-o no chão mesmo.

— Eu preferia levá-lo para um quarto. Vocês têm uma cama por aqui?

A mulher dos olhos azuis limitou-se a balançar negativamente a cabeça.

— Que lugar é esse? Nunca vi um assim. Minha mãe era religiosa e tenho certeza de que vocês colocaram aquela cruz de cabeça para baixo.

— Ela já estava assim quando chegamos — um homem de meia-idade resolveu participar da conversa. Vestia terno e gravata de costura impecável.

Antes que a conversa pudesse continuar, ouviu-se o ribombar do sino. Era ensurdecedor. Todos os presentes colocaram as mãos sobre os ouvidos, inclusive Mathias. Osvaldo também fez

DUDA FALCÃO

o mesmo, desprotegendo o furo em sua barriga que sangrou ainda mais.

Mathias olhou para o alto no momento do segundo badalar. Não soube o que era aquela sombra. Parecia um pássaro negro em forma de gente. Depois de completar sua tarefa medonha, tocar vinte e quatro vezes o sino, ganhou a noite disparando pela janela da torre. Suas asas de morcego aumentavam ainda mais sua forma grotesca.

Assim que as pessoas começaram a desproteger os ouvidos escutaram sirenes.

— Merda, a polícia! — Mathias reconheceria aquele som em qualquer lugar.

Como em um passe de mágica, um trovão prenunciou o início de uma tempestade.

— Só faltava essa! — praguejou Mathias espanando duas moscas que voavam em torno dele. — O céu estava limpo.

— Você ainda não entendeu, não é mesmo? — perguntou a mulher dos olhos azuis.

— Claro que entendi. Cada vez estamos mais enrascados.

A chuva começou a cair acompanhada de outros trovões. Pelas janelas da torre do sino, pingos gelados infiltraram-se na igreja carregados pelo vento que assobiava com intensidade.

— Alguns de nós, logo que chegaram aqui, compreenderam. Outros foram como vocês — disse um velho que agora se levantava do banco e vestia um macacão surrado com camiseta preta por baixo. Tirou o chapéu de palha, deixando à mostra sangue no lado direito de sua cabeça. O líquido vermelho era como cola grudada no cabelo branco e liso que se estendia até os ombros.

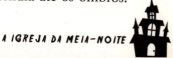

Mathias enxergou um buraco ali e antes que pudesse tecer qualquer comentário assustou-se com a força da ventania que fez com que todas as janelas fossem abertas, ao mesmo tempo, numa pancada violenta e única.

O vento invadiu o refúgio carregando consigo chuva, frio, folhagens e poeira.

Mathias economizou um xingamento e levantou-se para fechar a janela mais próxima. Foi quando notou dois carros de polícia rodando em alta velocidade pela estrada que dava acesso à fazenda. As luzes vermelhas rodopiavam nas capotas. As sirenes gemiam como um monstro enlouquecido.

— Ajudem-me a fechar essas janelas! — ordenou Mathias. Ninguém o obedeceu.

O bandido colocou a mão na cintura puxando um de seus revólveres.

— Caralho, não estou pedindo!

A mulher dos olhos azuis se aproximou de uma das janelas tentando fechá-la, mas seus esforços eram em vão. O vento a impedia com força sobrenatural. Diante da outra janela, Mathias viu que os carros estacionaram a dez metros de distância da entrada da igreja. Assim como a mulher, o assaltante também não conseguiu empurrar a janela. Talvez estivesse presenciando a potência de um maldito furacão. Contra isso não conseguia lutar.

Os policiais abriram as portas das viaturas. Os faróis eram como olhos inflamados. Apontavam uma luz amarela modorrenta, ofuscando a visão. Um dos policiais saiu do carro protegendo-se atrás da porta. Empunhava um megafone. Mesmo com todo aquele vento e chuva foi possível ouvi-lo:

— Sabemos que você está aí, Mathias! Entregue-se. Saia com as mãos para o alto.

— Nunca — esbravejou Mathias, com mais raiva do que o normal por saber que os policias conheciam sua identidade e a autoria daquele assalto. Só não sabia dizer como o haviam identificado tão rápido. *Paciência*, pensou. *Agora tanto faz. A merda já está feita.*

— Então teremos que tirá-lo daí a força!

Em geral, a polícia não mandava bala primeiro. Naquela noite foi diferente. Os outros policiais sacaram seus revólveres, disparando contra a igreja. Os tiros ecoavam na noite confundindo-se com os trovões. Os relâmpagos ao acenderem a noite fizeram com que Mathias visse o rosto de um dos homens da lei. Seu coração acelerou. Abrigou-se atrás da parede ao lado da janela. Seria verdade o que tinha visto? A face descarnada apresentava apenas os ossos. Um crânio sem pele, com as órbitas ocas e escuras, com dentes expostos e sem nariz. Definitivamente havia enlouquecido. Quando retomou um pouco as rédeas de sua consciência, enxergou Osvaldo em pé próximo dele:

— Tô me sentindo melhor, chefe! Vamos meter bala na bunda desses lacaios! — a roupa do companheiro estava empapada de sangue. E, do furo, agora maior do que antes, podia-se enxergar parte das tripas querendo escapar.

Osvaldo se colocou diante da janela e começou a disparar. Um, dois, três, quatro, cinco tiros em sequência. Parecia disposto a farrear. Começou a gargalhar com certa insanidade estampada no rosto.

Mathias sacou o outro revólver fazendo com que os canos dos dois que empunhava fumegassem. Seus projéteis acertaram os faróis e os para-brisas de um dos carros. Ao menos eliminava aquela luz angustiante que o incomodava. Osvaldo continuou a esvaziar o tambor da arma e acertou os pneus do outro veículo que ainda apontava suas luzes para eles. Os policiais encobertos pelas portas também acionavam os gatilhos de suas calibre .40. As balas estilhaçavam a madeira. Mais de um projétil passou pela janela. Um deles acertou um sujeito dentro da igreja que não se protegera adequadamente. Mathias viu o homem atingido gemer de dor e cair. As outras pessoas resolveram se esconder atrás dos bancos.

Os bandidos enviaram mais uma saraivada de balas contra os homens da lei. O motorista do carro que ainda tinha os faróis funcionando saiu da sua proteção quando os disparos acabaram. Corria na direção da entrada da igreja. Empunhava um fuzil M-16. Acionou o gatilho descarregando sua munição. Mathias, que se escondera em tempo de escapar daquela investida, viu Osvaldo despencar no assoalho de madeira. Tinha sido atingido por mais de uma bala. Uma no peito e outra no pescoço. O companheiro olhou para ele com os olhos vidrados. Tentou dizer alguma coisa, mas foi impedido pelo sangue que o afogava e saía pela boca em borbotões.

Mathias não pensou duas vezes. O emocional estava abalado. A razão já não dialogava mais com ele. Apresentou-se na janela correndo o risco de ser atingido. Disparou outras vezes, sem parar, até que atingiu o homem da M-16 e o policial do megafone na têmpora. Ainda havia dois policiais para abater. Eles atiraram na direção de Mathias, que dessa vez não escapou de levar um tiro no ombro. Sentiu a bala queimar em seu corpo. Gritou de dor. Parecia que o caramelo esfacelara o osso. Deixou o trinta e oito que segurava com a esquerda cair no chão. Mas não seria isso que o faria desistir. Tinham matado Osvaldo. Ele não deixaria nenhum deles viver.

O assaltante pulou a janela. Ouviu um alerta.

— Não vá — disse a mulher dos olhos azuis. — Aqui é o único lugar seguro.

Mathias correu tentando escapar dos outros tiros enviados contra ele. Mais próximo de uma das viaturas, visualizou a face descarnada de um dos policiais. A mão também não apresentava pele, apenas músculos e ossos. Mesmo assim, segurava com firmeza a pistola. Era um esqueleto vestindo trajes de homem da lei. Mathias gargalhou e deu um tiro certeiro naquele crânio que o encarava. A criatura desabou. Ao menos morriam, pensou Mathias.

O bandido caiu na lama quando sentiu uma ferroada em sua canela direita. Mais um projétil o acertara. Um dos esqueletos infernais ainda estava de pé. Com Mathias caído o inimigo se aproximou dele pronto para executá-lo. No entanto, alguém baleara o seu inimigo pelas costas. Assim que o policial se estatelou em uma poça de água pôde ver quem o salvara.

Manoel, com passos trôpegos, vinha em sua direção. Segurava sua SMT .40 com o cano ainda fumegando. Fumava um cigarro.

— E então, Mathias, me deixaram para apodrecer sozinho naquela banheira? Achou que eu não gostaria de participar da festa?

— Hahaha, como é possível?

— O quê?

— Enfiaram uma azeitona na sua cabeça!

Manoel passou a mão na testa. Percebeu um buraco. Olhou para a mão ensanguentada.

— Não sinto nada. Deve ter sido um arranhão.

— Me ajuda aqui — Mathias estendeu a mão.

O companheiro o ajudou a se levantar. Mathias indicou a igreja. A chuva ainda os castigava. O céu negro apenas tornava-se iluminado quando relâmpagos decidiam cortar a noite. O vento parecia ter diminuído sua intensidade, mesmo assim ainda dificultava a chegada deles ao refúgio.

A mulher dos olhos azuis abriu a porta com o auxílio de um dos sujeitos que estava mais próximo. Os assaltantes quando entraram foram recebidos pelo companheiro entusiasmado:

— Vocês são demais. Acabaram com aqueles merdas! — Osvaldo estava sentado no chão, encostado em uma das paredes. O buraco em seu pescoço era bem visível e o sangue coagulara.

— Alguma vez deixei vocês na mão? — Manoel sorriu.

Mathias não conseguiu dizer palavra alguma.

— O que foi chefe? O gato comeu a sua língua?

— Eu vi você morrer! — arriscou dizer o que o incomodava.

— Sim. Viu minha morte. Também viu o Manoel morrer. O que importa? Estamos todos fodidos e mortos mesmo — Osvaldo riu indicando certa demência. — Depois de perder a consciência, quando levei esses últimos balaços, não demorou muito para que eu acordasse. Enquanto vocês faziam festa lá fora, a loira do olho azul me disse o óbvio. Aquilo que só nós dois ainda não tínhamos percebido ou não queríamos enxergar: *Estamos no inferno!*

Mathias balançou a cabeça negativamente. Não queria dar o braço a torcer.

— Não é possível. Eu me sinto bem vivo. Sinto dor!

— Esse é um dos presentes do inferno. Dor mesmo na morte — disse um sujeito.

Agora a chuva e o vento pararam quase que instantaneamente.

Logo se ouviu um choro. Uma lamentação que vinha do lado de fora. Começou a ficar mais forte. Alguns se aproximaram das janelas abertas.

— Vem ficar comigo, mamãe. Aqui fora está frio — uma criança de mais ou menos seis anos de idade chamava sua mãe.

A mulher dos olhos azuis colocou uma das mãos sobre a boca e deixou rolar algumas lágrimas incontidas.

— É muito frio aqui, mamãe. Vem ficar comigo!

O menino a chamava acenando. Seu rosto estava azul, como se estivesse sufocando, como se não tivesse ar algum para respirar.

— Por que você fez aquilo comigo, mamãe?

Ninguém dizia nada. Os presentes apenas observavam. Da plantação de cana-de-açúcar começaram a surgir outras pessoas para se juntar ao menino. Começaram a compor um coro de lamentações convidando seus atormentados para que viessem se encontrar com elas ali fora.

Quando Mathias se deu por conta o sino tocou uma badalada. Dessa vez não tivera tempo de ver se alguma criatura de sombras o acionara. As pessoas lá fora sumiram, desvanecendo-se

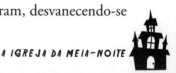

A IGREJA DA MEIA-NOITE

como fantasmas. Olhou em seu relógio, que ainda funcionava, e conferiu que era uma da madrugada.

Antes que Mathias pudesse perguntar alguma coisa o velho do macacão surrado falou:

— Sempre que toca a meia-noite nossos pesadelos aparecem para nos torturar. Mas não podem nos pegar aqui dentro. Estamos protegidos.

— Será que estamos protegidos mesmo? — perguntou a mulher dos olhos azuis. — Desde que estou aqui tenho a impressão de que essa cruz nos faz adorar o demônio. Vocês não percebem isso? Talvez abraçar os nossos entes queridos, aceitar a culpa dos nossos pecados nos ajude a limpar um pouco a merda que fizemos.

— Então da próxima vez que o seu filho aparecer vá logo encontrar com ele — provocou o velho. — Eu estou aqui a mais tempo do que qualquer um de vocês. E vi o que esses demônios fazem com quem os abraça. Dilaceramento. Vísceras espalhadas por todos os lados. Gritos de dor. A tortura dura até que ocorram as vinte e quatro badaladas. Depois o corpo do torturado some, esvanece, sabe-se lá para onde.

— Pode existir pior lugar do que aqui? — perguntou outra mulher. De cabelos negros e curtos, mais ao fundo da edificação.

Não houve resposta.

Como se não tivesse escutado toda aquela conversa, Mathias disse:

— Não me interessa se estamos vivendo uma alucinação. Mas eu não fico mais aqui nenhum segundo. Vocês vêm comigo? — perguntou para Osvaldo e Manoel. — Se quiser tem lugar pra mais um, garota! — disse para a loira.

DUDA FALCÃO

— Você não vai querer uma mãe assassina ao seu lado.

— Não temos mais nada a perder. Também já fiz coisas ruins.

— Vou enfrentar meu castigo. À meia-noite eu tenho um encontro com o meu menino. Ele precisa de mim.

A mulher se afastou indo sentar-se em um dos bancos. Os outros fizeram o mesmo e passaram a ignorar os três bandidos.

— Vamos nessa, chefe! — incentivou Osvaldo, enquanto esforçava-se para levantar. A dor que sentia era extrema, mesmo assim queria sair daquele lugar.

Os três marginais deixaram a igreja apoiando-se um no outro.

— Nosso carro nos espera. Seguiremos a estrada para qualquer lugar que nos leve. Quero ficar bem longe daqui — disse Mathias já sem se incomodar com algumas moscas que o circundavam.

— Parece ser nossa única opção — disse Osvaldo.

Entraram no carro. Mesmo com os tiros que levara no ombro e na perna Mathias conseguiu dar a partida no automóvel. Os movimentos que fazia eram dolorosos, mas não o impediam de agir. Utilizou a marcha a ré para sair de sobre as canas-de-açúcar. Dirigiu pelo caminho embarrado até sair da propriedade. Entrou à direita na estrada pegando o caminho oposto pelo qual viera.

Mathias espanou umas moscas que haviam pousado em seu ombro.

— Os buracos nas suas costas, chefe, estão atraindo mais varejeiras do que o meu ferimento na nuca — observou Manoel.

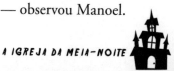

— O sangue deve ser doce — riu Osvaldo como um autêntico fantasma devido à brancura da face.

Mathias levou uma das mãos às costas e finalmente percebeu que havia sido atingido em três locais diferentes. Não lembrava como, mas certamente fora durante a fuga. Devia estar morto mesmo e no inferno. Deu de ombros e acelerou.

Rodaram pela estrada e somente o que viam dos dois lados eram plantações de cana-de-açúcar. Depois de algum tempo chegaram a uma estrada com acesso à direita. Mathias parou. Logo constataram que o caminho levava para a propriedade daquela igreja maldita. Enxergaram o sino no topo e a criatura de sombras, com asas de morcego, tocando-o duas vezes.

O bandido acelerou ainda mais fundo continuando na estrada principal. O mesmo cenário se repetia. Os companheiros revelavam uma expressão de insanidade nos rostos e riam da própria desgraça sem saber o que dizer. Mais uma vez chegaram ao terreno em que se impunha imponente a igreja e ouviram três badaladas. Sabiam que para se proteger antes do vigésimo quarto toque, tinham de se abrigar na igreja ou então enfrentar seus piores pesadelos.

Para Mathias e seus comparsas não restava salvação. Desde que escolheram o caminho do crime, sempre souberam que trilhariam, sem retorno, uma estrada de mão única, uma estrada para o inferno.

In: Estrada para o Inferno. Porto Alegre: Argonautas Editora, 2015, p. 90-104.

WWW.ARGONAUTASEDITORA.WORDPRESS.COM

AVECEDITORA.COM.BR